にぎやかな未来

筒井康隆

角川文庫
19799

目次

超能力

「そうかい。じゃあ、わたしのいうことを、ぜんぜん信用しないってわけだね？」

わざと怒った眼つきをして見せながら、金田氏は甥《おい》の次郎にいった。

次郎は、にやけた顔に薄笑いを浮かべ、まるで、金田氏を鼻さきであしらっているような調子で、いった。

「話だけじゃ、とても信じられませんねえ。それじゃひとつ、おじさんが、超能力の持ち主だということを証明して見せてください。なるほどとなっとくがいけば、信用してあげてもいいですよ」

「ようし、いいとも」

金田氏はニスの剝《は》げ落ちた、ガタガタのデスクに身をのり出した。

「何をやって見せようかな？」

「そうですねえ」

次郎はソファにもたれて、内部が露出している布地の破れを背中で塞《ふさ》いだ。

「じゃあ、僕が今、何を考えているか、当ててごらんなさい。どうです？」

「なあんだ。精神感応か。お易いことだ、よし、やってみよう」

金田氏は眼を閉じた。

そして分厚い唇を結んだ。

しばらくそのままで、じっとしていた。

あたりは静かで、ときどき、建てつけの悪い窓のガラス戸の隙間から、風が小さな室内に流れこんでくる。

金田氏はやがて肥《ふと》った身体を起こし、眼を開いた。

「わかったぞ。お前は、今、遊ぶ金に困っている。今夜、わたしの家へやってきたのは、金をせびるためだ。返す気のない借金を、しようと思っているんだ」

次郎はしばらく茫然《ぼうぜん》とした顔つきで、おじのたるんだ頰のあたりを眺めた。それから急に大声で笑いだした。

「違うかね？　当たったろう？」

「当たりました！　でも、僕がおじさんに会いにくるのは、たいてい金を借りるためじゃありませんか。一人っきりの親類ですからね。そんなことは僕がやってきたときから、おじさんだってよく知っていたはずですもの、当たるのは当然だ。だいいち、それくらいのことなら、僕にだってできます」

「ほう？　何ができるっていうのかね？」

「おじさんの心の中を読みとることですよ」

「何だと？　精神感応ができるというのか？　そりゃおもしろい、やってみろよ」

「いいですとも。おじさんは、僕に金を貸すのは、まるで金をドブへ捨てるようなもんだ、だからもう僕には金をやるまいと思ってるんでしょう」

「あたった！」

金田氏はびっくりして大きく眼を見ひらいた。

「それじゃあ、お前にも超能力があったんだなあ！　ふうむ、この能力は遺伝するとはまえまえからきいていたが、やっぱりそうだったか……」

金田氏は心底から驚いたらしく、しばらくは頭を横にふり続けた。

次郎は少しもじもじしてから、

「じゃあおじさんは今夜、僕に金を貸してはくれないんですね？」

と、不満そうにいった。

「あたりまえだ」

金田氏は急に不機嫌な顔つきになり、首をぐるりとまわして荒れはてた邸《やしき》の中を顎《あご》で示した。

「このありさまを見なさい。おまけにこの邸も、もうすぐ人手に渡ってしまう。わしは破産寸前なんだぞ。余分の金なんかあるわけがない。毎度いうことだ。いい加減にしなさい」

「へえん、そうですかねえ」

次郎は、つまらなそうな顔つきをして顔を伏せた。しばらくはそのまま黙っていたが、やがて、疑わしげな眼つきで金田氏の顔を見あげた。

「でもねえ、今僕がおじさんのおつむのなかを読んだところによりますと、おじさんは自分を大金持ちだと思っているじゃありませんか」

「な、何だと？」

金田氏の顔色が蒼《あお》くなった。

「そうですとも。あなたは自分が金持ちであることを隠すために、こんな荒れはてた邸に住んでるけど、僕はごまかせませんよ。おじさんの財産は現在……そうだな」

次郎はちょっと上を向いて眼を閉じた。

「三千万だ！」

金田氏は思わず椅子の上で腰を浮かせた。

「また、あたった！」

そう叫んでから溜息《ためいき》をつき、腰をおとした。

「ふうむ、なるほど。いや、お前には嘘をつけんわい。しかしな、わしはお前には金はやらんよ。そうとも、わしの大事な金だ。絶対にお前なんかにはやらん。返ってくるあてのない金を貸したりするくらいなら、自分で遊んで使っちまった方がよっぽどいい……。まて！　お前が今、どう思ったかあててやろうか？　お前は今わしのことを心のなかで罵《ののし》った、とんでもない強欲じじいだとな。違うかね？」

「あなただって今、僕のことをとんでもない不良青年だと思ったじゃありませんか」

「その通り。まったくお前は怠け者で淫蕩《いんとう》でやくざっぽい、ケチな青二才だ。おや？お前は今度は、この分じゃわしが死ぬまでわしの財産は使えないと思ってあきらめたな？」

「なあんだ、そうですか。おじさんは僕に、財産をくれる気はないんですね。おやおや、死んでからも名前を残すために、三千万円はぜんぶ養老院に寄附するつもりですか？」

「そうとも。ハッハッハ。だからわしの財産をあてにしても無駄だよ」

「ふうん。今夜僕が帰ってから、さっそく遺言書を書こうと思っていますね？　そんなにあわてなくってもいいですよ」

「なあに、善は急げだ」

　金田氏の顔色がサッと変わった。眼に血が浮いた。

「お、お、お前は、わしを殺そうと思っているな。わ、わ、わしが遺言書を書く前に……つまり今、今すぐわしを……こ、殺そうと……」

次郎の顔色も蒼ざめていた。

「知られちゃしかたがねえや。その通りだよ。あっ！……あんたは、あんたこそ、僕を殺そうと考えたな？　僕に殺されるくらいなら、その前に一足早く、僕をあべこべに、こ、こ、殺そうと……」

「やっ。お前は、その横にある花瓶でわしの頭を、た、叩《たた》き割るつもりだなっ！　そ、そ、そうはさせんぞ！」

「あっ！　机の抽出《ひきだ》しに拳銃《けんじゅう》を持ってるな？　旧式のレミントンだ。そうだな？」

「そうとも。わしの方が早いぞ。その花瓶まで二メートル距離がある。わしが抽出しをあけて拳銃を出し、引金を引く方がずっと早いぞ！」

「ふふん。だけどあんたは、その拳銃に弾丸を入れたかどうか、忘れちまってるじゃないか。あんたがあぶら汗をかいてるのは、それを必死になって思いだそうとしてるからじゃねえのかい？　やって見なよ！　弾丸が入ってなきゃたいへんだぜ。ええ、おい」

「ふん。じゃあお前こそやって見ろ。額に穴があくぞ。わしは射撃の腕は確かだ。さあ、やって見ろというんだ！」

二人は睨《にら》みあった。どちらも腰をおろしたまま動けなくなってしまい、ノドばかりゼイゼイいわせ続けた。

置き時計の秒を刻む音が大きくなりはじめた。

「ひゃあっ！　こりゃあたいへんなことになったぞ！」

ソファに寝そべってぼんやりとひとり考えこんでいた金田氏は、あわててはね起きると、部屋の隅へ走っていき、次郎の下宿へ電話した。次郎が出ると、金田氏は叫ぶようにいった。

「ああ次郎か。わしだ、おじさんだ。お前、今夜わしの家へくるといっていたな？だが、そいつはやめた方がいい」

「へえ？　どうしてですか？」

「わしが今、超能力で未来を予知したところによるとだな、どうもそのう、避けられそうもない、たいへんなことが起こるらしいんだ」

「なあんだ。ハッハッハ。またおじさんの超能力が始まりましたね？　ばかばかしい。そんなの、あてになるもんですか。実は僕、今夜はいつもと違ってちょっと重大なお話があるんですよ。これからそっちへいきますから……」

「あっ、待て次郎！」電話が切れた。金田氏はあわてた。

「さあたいへん。もうすぐやってくるぞ」

彼は急いでソファの横の花瓶をふりあげて床にガチャンと叩きつけて壊した。次に、机の抽出しをあけ、レミントンの弾倉にまだ二発残っているのを確かめた。

「これでよしと……」彼はホッとして腰をおろした。

「わしの財産を、あんなぐうたらに取られてたまるものか。三千万もの大金を……」

金田氏はポケットから三枚の紙切れを出して、ニヤニヤしながら眺めた。来週特賞に当るはずの宝くじを。

帰郷

アルファケンタウリ星の観測探険隊員をのせた宇宙船は、四十兆二千九百億キロメートルの距離を往復し、さまざまの成果を満載して、ぶじ地球に帰ってきた。

船長以下六名の搭乗員は、見習いパイロットのツトムにいたるまで大歓迎をうけ、しばらくの間は、ラジオ、テレビ、新聞、そして週刊誌のインタビューに追いまわされ、自分のしたいことが何ひとつできないありさまだった。ツトムまでがそうだったのだ。

だからツトムが、はじめて自宅でゆっくりとくつろぎ、美しい細君とともに居間のやわらかいソファに腰をおろすことができたのも、帰郷した日から一週間たってからだった。

だが、恋女房のマリはあいかわらず美しく、ツトムへのサービスも以前とかわらず満点だった。

ツトムは幸福だった。

探険隊員全員にあたえられた二週間足らずの特別休暇がまたたく間にすぎ、ツトムたちはふたたび研究所へ出勤するようになった。

ある日のこと、ツトムが資料室でノートをとっていると、宇宙船の船長で探険隊長でもあったクック氏がやってきて、ツトムにそっとささやいた。

「今夜、わしの家へきてくれないか。重大な話があるんだ」

「重大な話といいますと?」

「今はいえない。これは極秘だ。絶対に他の誰にも話してもらっては困る。とにかく今夜きてほしい。前の探険隊員だった他のものも集まることになっているんだ」

その夜、以前の隊員だった六名が、船長の家の客間に集まった。

誰も、今夜の集まりの内容については、何も知らされていないらしく、いったいどんな重大な話なのかと、緊張した顔つきをしていた。

やがて船長は、みんなの顔を見まわしてから、ゆっくりとしゃべりだした。

「この話は、諸君にとっては非常にショックだと思うんだが、わしは、諸君に話すべきだと判断した。で、その前にひとつ、まず諸君に聞きたい。諸君は、帰郷以来、何か妙だ、何かが狂っているんじゃないかという経験をしなかっただろうか? 何か、以前とはちがったことが、諸君の周囲に起こらなかっただろうか? どうだろう。ツトムには何もなかったかね?」

みんながいっせいにツトムの方を見た。ツトムはしばらく考えこんでいたが、やがて顔をあげていった。

「そういえば、ひとつだけあります。わたしの家の前には公園があるんですが、一週間前、その公園の桜がパッといっせいに咲いたんです。わたしが家内に、『秋だというのに桜が咲くなんてめずらしいこともあるもんだな』っていいますと、家内は妙な顔をして、『今は春よ。春に桜が咲くのは、あたり前じゃないの』というんです。わたしたちは予定通り、秋に帰郷したはずですし、現に今は十月です。それなのに、誰も公園の桜をめずらしがる人はなく、あきらかに珍事のはずの出来ごとが、新聞にものらず、話題にする人さえいないんです」

「そういえば、わたしもそうです」

医者で生物学者のチチコフ氏が、立ちあがって船長に話しだした。

「先日、何気なく家内に、冬の用意はしてあるかと申しますと、これからだんだん暑くなってくるんだから、今から冬の用意などする必要はないっていうんです。そんな馬鹿なことをいうな、十一月になれば寒くなるにきまってるって申しますと、妙な顔をいたしまして、十一月がくれば暑くなるにきまっているっていうんです。何かの冗談のつもりなんだろうと思って、それきりだまっていたんですが……」

「それでわかった！」

天文学者のチン氏が手を打った。

「昨夜、久しぶりで天体望遠鏡をのぞいたら、星座の位置がぜんぜん違っているので驚いたんだ。あれは春の星座だったんだ！」

「それじゃ、あの本は誤植じゃなかったんだな」

記録係のカラハン氏がいった。

「星座図の、春と秋のグラフが入れかわっていたんです。他の本を見ましたら、みんなそうなっているんです。しかもそれが、権威あるわが研究所資料室の蔵書なんですよ」

「なるほど」

いちいちうなずいていた船長が、ふたたび口をひらいた。

「さて、諸君。ここで重大な発表をするわけだが、諸君はもう、うすうすは感ずかれただろうと思う。つまり、われわれがケンタウルスから帰ってきたこの地球は、以前われわれが住んでいた地球ではないのだ。別のものだ」

ツトムはおどろいて椅子の上でとびあがった。

「そんな馬鹿な！　じゃあ、わたしの今の家内は、家内じゃないっていうんですか！」

「そうなんだ、ツトム」

かなしげな眼つきで、船長はツトムにうなずいた。

「まあ、わたしの話を聞きなさい。先日わたしは、第二十二号人工衛星へ連絡に行った。その時、宇宙船の窓から、太陽のほんのすこし上のところに、ひとつの星を見つけたんだ。わたしはさっそくその星を観測した。その星は……」

船長はゆっくりといった。

「地球だった」

みんなはシンとして考えこんだ。まだよくわからないらしい表情だった。

ツトムが船長にたずねた。

「じゃあ、いったいわれわれのいるこの星は、何という星なんですか?」

「やはり地球だ」

船長は立ちあがり、中央のテーブルの上にブドウ酒を滴らせて図を描いた。

「つまり太陽は地球を二つ持っていたんだ。同じ軌道の上にある二つの地球を……。この二つは、同じ環境で、同じように発展してゆきながら、互いに太陽の両側にあったため、つまり、太陽を中心においた軌道のちょうど反対側にあったため、片方からはもう一方を発見できなかったんだ。こんなことが起こる確率は、実に何兆分の一で、実際はほとんど実現不可能なんだが、われわれは今、まさにその事実に直面したんだ。ただ、ちがう点は、北半球と南半球の位置がわれわれの地球とは逆のため、四季のうつりかわりが半年ずれるということだけであとはまったく、何もかも同じ二つの星だったのだ。われわれは航行をあやまって、別の側の地球へ帰ってきたのだ」

しばらくの間、誰も何もいわなかった。やがてチチコフ氏がいった。

「われわれは、どうします？」

「帰ろう！　帰るんだ！」

ツトムがとびあがって叫んだ。誰にも異存はなかった。

その夜のうち、すばやく身じたくをした六人は、そっと宇宙船に乗りこみ、朝がた、太陽の裏側へ向かって出発した。

やがて、ツトムたちの無断出航に気がついた研究所から、ひっきりなしに無電で命令を送ってきた。

「カッテニトンデ　ワ　イケナイ　スグ　カエッテコイ」

だがツトムたちは返信を送らなかった。

航程の半ばまでやってきたとき、パイロットが、向こうからやってくる一隻の宇宙船を発見した。それは、ツトムたちの乗っているのと、そっくり同じ船だった。

衝突を避けるため、二隻の宇宙船はいずれも徐行をし、ゆっくりとすれちがった。

すれちがうとき、ツトムは、窓から、その宇宙船をながめていた。いつのまにか、ツトムの横に船長も立っていた。その宇宙船の窓にも、二人の人間がこちらをながめて立っているのが見られた。それはツトムと船長だった。

二つの宇宙船がすれちがった直後、おのおのの宇宙船の中では、おのおののツトムが歯がみをし、とびあがってくやしがっていた。

「畜生！　あいつめ！　おれの女房を……」

おのおのの船長は、それぞれのツトムの背なかをたたきながらなぐさめた。

「おたがいさまだよ、ツトム」

星は生きている

アルファルファケンタウリBの定期観測隊員、南と牧とは、小型宇宙船で、その第三惑星に到着した。ケンタウルス座の第二の太陽は、その時まで第一と第二の惑星からの観測しか受けていなかったのだ。

この星は、人跡未踏だった。宇宙船は地表に到着した。

濃紺色《のうこんしょく》の空には、ふたつの太陽が輝き、地表には起伏がまったくなかった。そして見わたすかぎり、茶色い芝のような、また巨大な苔《こけ》にも見える植物で、一面覆われていた。南は、異様な暖かさを保っている大地に屈《かが》みこむと、その三センチばかりの長さの草を二、三本引き抜いた。そして驚きの声をあげた。

「こ、これは植物じゃない。動物の体毛だ」

「そんな馬鹿な」

牧があきれて叫んだ。

「じゃあここは、巨大な動物の背中だとでもいうのか？　そんなはずはない。それなら着陸する時にわかったはずだ」

「いや、そうじゃない」

南はガタガタふるえながらいった。

「大地が動物質なんだ」

「信じられない」

と、牧が叫んだ。

南は屈んで、枯草色をしたその物質を数十本わしづかみにすると、ぐいと引き抜いた。あたりの地面が痙攣《けいれん》した。

「見ろ。痛がっている」

「それじゃ君は、この星全体が巨大な一匹の動物だというのか」

「一匹か百万匹か知らんが、この星はとにかく、動物にとって繁殖の条件が良すぎたんだ。おそらく他の星からやってきた動物が、過剰繁殖をしていっぱいになり、同種個体間の肉体融合現象を起こした結果、こんな状態になってしまったのだろう。これは動物の皮膚だ。この下には筋肉や血管があるんだ」

牧は蒼《あお》くなった。

「じゃあこの動物の集合体は、何を食って生きてるんだ」

「ここまで過剰繁殖したんだから、結論はひとつしかない。この星の成分が、そのまますべて彼らの食物だ。この星を食べてるんだ」

「じゃ、口はどこにある」

「外側になけりゃ、地表に密着した部分にいろいろな器官があるんだろう。ひょっとすると、ぜんぶ口かもしれん。耳や眼は不必要なんだものな」

「信じられん！」

牧は絶叫した。

「あれを見ろ」

南が地上はるかに見える突起物を指した。

「きっとあれが、証明してくれる。あれはきっと、過去の進化を物語る何かだぞ。たとえば人間の尾骨のように、完全に退化しきっていない何かの残存物だ」

ふたりは話しながら近づき、それをはっきり見るなり、わっと叫んだ。

「犬の首だ」

地面から犬の首が生えていた。

犬はふたりを見て、ワンワン吠《ほ》えた。

「まったくだ。犬によく似ている」

南は犬の頭をなでようとして手を出した。

犬は南の手首に噛《か》みついた。南は悲鳴をあげた。

牧はあわてて拳銃《けんじゅう》を抜き、犬の頭を撃った。犬はだらりと舌を出して息絶えた。

地表が、たちまち冷たくなってきた。

「しまった、殺しちまった。これは残存物なんかじゃなくて、この動物のただひとつの首だったんだ。星が死んでしまった」

　その時、地表から多くの虫がとびあがった。その虫は南と牧の身体にとびついてきた。ふたりはあわてて逃げながら、身体中をぼりぼり搔《か》きむしった。

「ノミだ。犬が死んで、たかっていたノミが逃げ出したんだ。わあ、助けてくれ」

「うわあ、助けてくれ」

怪物たちの夜

午前二時。

田舎駅の待合室は寒かった。

木わくを組み、ブリキを張りつけた火のけのない火鉢を、四つのベンチが囲んでいた。

高い天井からはカサのない四〇ワットの電球がぶら下がり、あたりのフンイキを不気味にするにはもっとも効果的に、光を投げかけていた。

ベンチには二人の男がすわっていた。二人は向きあったまま、会ったときから、ひとこともしゃべってはいなかった。ときどき二人の視線が合った。そして、あわててそらした。

やがて、やせた男が煙草に火をつけた。小肥《こぶと》りの男が身体を前に浮かしていった。

「すみませんがちょっと火を……」

やせた男は、指につまんだ煙草をさし出した。貨物列車が通り過ぎて行った。

ホームから風が吹きこんできた。

二人はオーバーのエリを立てていた。

「どちらまで？」

わざとらしい何気なさで、小肥りの男がたずねた。すこしの沈黙があった。

「支線に乗り換えて、三つめです」

やせた男の声は割れていた。いってから、小肥りの男の顔を見た。しばらく見つめた。

「警察の方ですね？」

「ほう……」

小肥りの男は口から大きく煙をはき、顔をかくした。

「どうして？」

「わかりますよ。すぐに」

「ほう……」

また、煙幕を張った。彼がすこしうろたえていることはよくわかった。

「張り込みですか？」

「まあね」刑事はあきらめたように煙草を捨てた。

「強盗殺人の犯人を追っているんです」

「ここへ来るんですか？」

「ええ、来るんですよ」

二人とも、合った視線を、そのままそらそうとはしなかった。

「悪い奴でねえ。賢くて凶暴なんです。でも、見ればすぐにわかります」

「と、おっしゃると……」

やせた男は、おもしろそうに目を光らせてたずねた。

「何か特徴でもあるんですか？」

「ありますとも」刑事もおもしろそうに目を光らせた。

「手が三本あるんです。その手には指が六本ついている」

「ほほう。それならよくわかりますね」

「ええ。指が六本ってのは、ざらにいますけど、腕が三本ってのは、ちょっといませんからね」

「そうですな。でも、昔の捜査とくらべると、何でしょうな、今はずっとやり易いでしょうな、個体の特徴の差が大きくなって来ましたから……」

「まったくです。五十年前の、あの水爆実験以後、放射能が染色体の遺伝子に影響したとやらで、日本人はみなそれぞれ姿が変わりましたからな。あの実験も、犯人の捜査にだけはプラスになりましたよ」

「しかしねえ……」やせた男は、三本の手を刑事の方へ突き出した。

「わたしだって手は三本、それにほら、指が六本あるんですよ」

「ほほう。なるほどなるほど。ところでね、その犯人にはもうひとつ決定的な特徴があるんです。つまり、目が真中にひとつしかないんですよ」

そういって刑事は、やせた男の額のひとつ目をぐっとにらんだ。

「わたしが犯人だとおっしゃるんですね？」

「そうだ」

やせた男は首をすくめた。

「新聞で読んだんですが、犯人の手が三本だっていうのは、あくまで目撃者の証言でしょう？　ひょっとすると、その犯人には手が四本あって一本かくしていたのかもしれませんね？」

「それは、どういう意味だ？」

「なあに、こういう意味なんです」

犯人のズボンの前ボタンが内側からはずされて、そこからもう一本の手がニュッと突き出された。その手には拳銃が握られていた。

「おれには、へそのすぐ下からはえている、もう一本の手があったんだ。不用心だったな。気の毒だ」

「そうだったのか。やあ、こいつはまいった。脱帽《だつぼう》しなくちゃなるまい」

刑事のソフト帽《ぼう》が、いきなりピョンと後部へはね飛んだ。彼の頭の上からは、もう一本の手が生えていたのだ。その手には拳銃が握られていた。

アッとおどろく犯人に、撃つ暇をあたえず、刑事は犯人の拳銃を撃ち落とした。床の上に落ちたその拳銃を三本目の足でポンと遠くへはらいのけると、ポケットの中から、まるで鎖のようになった、ひと続きの手錠をガチャガチャとつかみ出し、犯人の四本の手首と自分の一本の手にかけてしまった。そして愉快そうに、両頬と額の真中にある口を、三つとも大きくあけて、高い笑い声を出した。

その笑いは、さびしい田舎駅いっぱいに響き、つぎの貨物列車が通り過ぎて行くまで続いた。

逃げろ

ことん……。

と、音がした。

しかし、この部屋には、おれ以外には誰もいないはずだ。おれはびっくりして、ペンをとめ、原稿用紙から顔をあげた。

おれの部屋のドアの前には、憎悪に眼をぎらぎら光らせ、右手に拳銃らしいものを持った、あお白い頰の青年が立っていた。じっとおれを睨《にら》みつけている。

彼の憎悪の対象は、どうやらおれらしい。おれはびっくりして立ちあがった。

「き、きさまは何だ。だまってひとの家に入ってきて……。ははん、さては泥棒だな。いっとくが、見たとおりの貧乏ぐらしだ。金なんかないぞ」

「もの盗《と》りではない」

と、彼はいった。

「では何だ。さっさと用をいえ」

「お前を殺しにきた」

「なんだって？　おれを殺す？　馬鹿をいえ。おれはひとに殺されるようなことをしたおぼえはない。だいいちおれは、きさまなんか知らん。会ったおぼえがない」

「そちらにはなくても、こちらにはあるんだ。何しろきさまは、おれを殺そうとしたんだからな」

「何をいってるんだ」

おれは、かぶりをふって叫んだ。

「見ず知らずのお前なんかを、なぜおれが殺そうとなんかするもんか。きっと人ちがいだ」

「いや、人ちがいではない」

彼は二歩近づいた。

「十年ののち、お前はおれを殺そうとするんだ。いや、したのだ。だからおれは、あぶないところをタイム・マシンに逃げこんで、ここまで時間を逆戻りしてきたんだ。今、きさまを殺しておかないと、十年ののちにはおれがきさまに殺されることになる」

「そんな……。おれは何もしていない。これから先のことは知らんが、とにかく今は何もしていない。何もしていないものを、なぜ殺すんだ。助けてくれ」

声がうわずり、膝《ひざ》がガクガクとふるえた。

彼の持っている拳銃《けんじゅう》の撃鉄が、カチリと鳴った。

「おれはきさまに女を奪われた。そのうえ殺されてたまるものか」

「ま、まあ待て。おれは他人の女などとらん。そんな男じゃない」

「だが、未来では、とったんだ。おれは怒ってきさまを殺そうとした。するときさまはすばやくタイム・マシンに逃げこんで時間を逆戻りし、何も知らないおれを逆に殺そうとしたんじゃないか」

彼は手をあげ、おれの頭を狙った。おれは悲鳴をあげた。

「た、助けてくれ！　撃つな！」

そこへもうひとり、こんどは見知らぬ女があらわれた。彼女は眉《まゆ》をつりあげ、若い男に食ってかかった。

「こんなことだろうと思ったわ！　ぬすっとたけだけしい。この人はわたしの夫なのよ！　あなたが人妻のわたしに横恋慕して、タイム・マシンでわたしの独身時代へ逆戻りして、わたしを誘惑したんじゃないの！　この人が怒って、あなたを殺そうとしたの、あたり前でしょ！」

男の方も、女に怒鳴り返した。

「えらそうな口をきくな！　お前こそ、そのずっと未来では、おれの子どもを六人も生んでおきながら、おれの金を盗んで、タイム・マシンでこの男と駆け落ちして夫婦になったんじゃないか。くそっ。この男さえいなけりゃよかったんだ」

彼はおれに向きなおり、拳銃を構えた。

「やめて!」

女が彼の腕にとびついた。発射された弾丸は、おれの身体をわずかにそれ、うしろの壁にくいこんだ。

このままでは殺されてしまう。

「ようし。お前さえいなきゃいいらしい。こうなりゃあ、お前を産む前のお前の母親を殺してやるぞ」

おれはそう叫び、机の下においてある、昨日発明したばかりのタイム・マシンのなかにとびこんだ。

事　業

〝X線およびラジウムによる染色体実験ノート——但しコルヒチンおよびアルカロイド各微量注入——〟（化学方程式別表参照）

第二代生後十一日目
十月十日（火）ＰＭ二・〇〇　晴・暖湿
市販の補聴器にて、かすかに言語解読可能。単語の意味なき羅列に終始す。身体発育状況良好。食欲好奇心旺盛《おうせい》。知能テストの結果はＩＱ26より32まで。

同　十八日目
十月十七日（火）ＰＭ六・〇〇　晴・暖湿
頭部眼に見えて肥大。前肢発達す。知識欲旺盛にて施験者質問攻めに会う。会話は不完全なるも、雌雄五匹ずつのうち三組までが互いに恋愛感情を持つにいたったことを言語および手振りで意思表示する。羞恥心《しゅうちしん》と集団意識の萌芽《ほうが》が見られる。ＩＱ60より80まで。

同　三十日目

十月二十九日（日）ＰＭ六・〇〇　晴

本日より摂氏三十二度の保温ドームへ収容。もはや仲間同士の争いなし。最弱少のオスも、失恋の傷手より癒《い》えて、メス一匹と結ばる。五組ともに結婚を声明。必要に迫られてか発声器官異常に発達し、もはや補聴器必要とせず。声量豊かにして、オスの音質テノール、メスはコロラチュラソプラノ。スピード言語にて観念の飛躍大なり。糸をよじりあわせ各カップルごとに色の異なる衣服（らしきもの）を身にまとう。すなわち三原色および黒と白。以下固有名詞として〝赤オス〟〝青メス〟のごとく呼称することとする。ＩＱ92より108まで。

同　三十六日目

十一月四日（土）ＰＭ二・〇〇　曇のち雨

施験者を敵視する傾向あらわる。

同胞意識旺盛。各自の不満をささやきあうようすなり。ありあわせの木片にて各家庭の住居を建築。文芸復興期のフランスの様式に酷似。総じてオスの知識欲旺盛。人間社会における政治経済機構などたずねる。ＩＱ126より140まで。

同　三十八日目

十一月六日（月）PM二・〇〇　雨

黒のオスが代表して、施験者にたいし、団体要求を表示。三か条からなる決議文なり。以下全文を記す。

1　毎日の食事の量を倍にし、もっと新鮮なものを与えよ。

2　われわれの知識欲を満足せしめよ。書籍文房具およびトランジスタ・ラジオを与えよ。

3　われわれはすべて、われわれがミュータント（突然変異体）であることを知っている。ミュータントでない同胞五十四を下僕として与えよ。

しかして以上の要求をすべて満たさざる時はいっさいの実験および各種テストをすべて拒否するという内容なり。施験者は以上の要求を無条件に受諾。各自得意とする作業を行ない衣および住の充実を計る。原始共産制度を採り生産品は平等に分割。家具調度および美術品は黄のオスと黄のメスの共同作品にてともに秀逸の出来なり。Ｉ Ｑ178より189まで。

同　四十日目

十一月八日（水）　PM二・〇〇　晴
貨幣経済の発達が見られる。貨幣に代るものは血液。血液銀行を白のオスが担当。初代大統領には青のオスが当選。またもや決議文にて電話（外部直通）の架設および新聞購読の要求あり。受諾。赤のオス、赤のメスが下級市民五十四の教育を担当。複雑な肉体訓練が主な科目なり。大統領は公務多忙のため本日の知能テストを拒否。他はすべてＩＱ200。

同　四十四日目
十一月十二日（日）　PM九・〇〇　曇
本日AM一〇・〇五よりPM一・三五までの間、市民五十名のいっせいストライキが行なわれた。大統領が待遇改善の誓約書を発表し、スト解決。その直後大統領は〝独立採算制による事業開始の報告書〟を施験者に提示し、資本金六七、〇〇〇円の融資を申し入れる。期間は一か月。施験者は銀行預金を照合の上受諾。事業内容は〝興業〟の由にて詳細不明。

同　四十七日目
十一月十五日（水）　PM六・〇〇　晴

本日外部より来客あり。S&W広告代理店の営業部員にて、大統領に電話で呼ばれた由。約三十分にわたり大統領と会談。なお本日正午より市民五十名は赤のオスの監督によりドームの中央に大土木工事を開始。工事内容不明。これに平行して上級市民たちは下級市民用の衣服、マイクロフォン、テープレコーダー、拡声器その他種々の機械類の生産にとりかかる。外部よりの電話ひっきりなしにて大統領の多忙さは眼まぐるしきかぎりなり。

同　五十日目
十一月十八日(土)AM一〇・〇〇　晴
早朝より外来客多数あり。ワルサーテレビ、コルト通信社、ウィンチェスター放送局その他記者、カメラマン、アナ等五十数人なり。取材に来たる由。一人のプロデューサーが施験者に、本日の朝刊の広告欄を提示。以下その全文を記す。

三〇〇年の伝統と技術を誇る——
——ノミの大サーカス本日より開演。
場所　筒井生物研究所第二実験室
開演時間　正午より二回　入替なし

定員超過の節は整理券を配布。
入場料鮮血五十グラム（小児半額）ご家族連れでおいでください。
主催ノミ興業株式会社

悪魔の契約

いっそのこと、悪魔とでも取り引きしたい。

最近、利七《りしち》は本気でそう願っていた。

利七は自分の実力をよく知っていた。もちろん彼としては、せいいっぱいの努力をしたつもりだった。だがいかんせんIQ90の知能では、二流の公立大学の文科を中ぐらいの成績で出られただけでも、さいわいだったといわなければなるまい。

それは利七にも、よくわかっていた。

しかし利七の野心は、その幸運にただ甘んじているには、あまりにも大きすぎた。彼には、この矛盾を解決するには悪魔の力を借りるより他ないだろうと思えた。

卒業式が迫っているというのに、就職先はまだきまらなかった。ひどい就職難だった。現在二、三の二流会社へ願書を送ってある。返事はまだ来ない。もし書類選考で落とされてしまったら……。

もしそうなれば、郷里へ帰って百姓をやるよりほかない。しかし郷里へは帰れない。帰れるものか。たとえ送金が切れたって……。おれは百姓だけは、絶対にやらないぞ。

音を立てて崩れていく自分の野心を感じながら、利七は三畳の下宿部屋の薄暗がりの隅で、じっと火鉢のなかを見つめていた。ときどき、やけくそになって、バサバサの頭を乱暴にバリバリ掻《か》きむしり、色あせた詰襟の肩へ白いフケをまき散らした。ほんとは、立ちあがって地だんだを踏みたい気持ちだった。

利七の野心は、利七自身が逆に圧倒され、それにふりまわされそうになるほど大きなものだった。しかし、日々甘い成功の白昼夢に酔って、真剣に見つめようとはしなかった現実が、今こそその野心を粉砕しようとして、荒れ狂う怒濤《どとう》となり、彼の上に襲いかかってきているのだ。

「おお。悪魔よ出てこい。お前におれの魂を売ってやるぞ。おれは現実の悲惨さよりは、地獄での苦しみを買うんだ」

ファウストさながら、利七は絶望的にそう叫んだ。

とつぜん、火鉢の横にキナ臭い煙が立って、利七は咳《せ》きこんだ。あわてて窓をあけると、斜めに畳の上に落ちた西日のなかに悪魔がいた。

「呼んだろ」と、悪魔がたずねた。

「ああ、呼んだ」と、利七は答えた。

「契約か」

「そうだ」

悪魔は書類を出した。「サインしろ。この世はお前の思うままになる」

大実力者として政界、財界、文学界、芸能界に君臨した利七は、美しい妻とおおぜいの側近に見守られながら、今しも息を引きとろうとしていた。だが彼は、死後の世界の恐怖におののいていた。さあ。地獄の責め苦がまっ黒な口をあけて、おれを待っているんだ。利七は顔をひき吊《つ》らせた。

「た、助けてくれ」

その絶叫と同時に、彼の枕もとに例の悪魔があらわれてたずねた。

「どうした、どうした。何をこわがっているんだね」

「わ、わたしはどんな目に会うんだ。針の山か、血の池か。それとも煮え湯を飲まされるのかね」悪魔はあきれたような顔をした。

「頭が古いな。あんたはそんな目に会うような悪いことなど、ひとつもしていないじゃないか。だいたい、なぜ地獄へなんて落ちると思うんだね。契約書を読まなかったのかい。われわれ現代の悪魔は、魂なんて無形のものが欲しいんじゃない。人間の欲望から生まれるエネルギーが欲しいんだ。お前さんの思い通りになるということはわれわれがお前さんの好きな世界を演出してやるということだったんだ。だいたいお前さんみたいな能なしが実社会でこんな実力者になれると思うかね。あんたが充足感に浸っている間、その余剰エネルギーはわれわれが預っていた。その利息が利息を生んで、今じゃ清算は終っているんだぜ」

そういって悪魔は周囲の人間たちに向かって大声で叫んだ。

「ようし。本番終り。大道具さあん。ラスト・シーン病院の場。シーンNO・七八七九三〇〇二、撤去。演技者の皆さんはお疲れさまでした」

「お疲れさま」「お疲れさま」

利七はおどろいて、あたりを見まわした。家族や側近たちはすべて、悪魔の姿にもどり、ぞろぞろと引きあげかけていた。

「あっ。なんだこれは。テレビではないか」

今までのことはすべて、悪魔たちの作った虚構だったのだ。利七はわめきちらした。

「け、契約違反だ」

「まあ、そういうなよ」

いちばん最後まで残っていた、彼の妻の役をした悪魔は、ニヤニヤしながらいった。

「四十年もあんたの相手をするのは、たいへんな苦労だったぜ」

そういって彼は、ウィンクした。

わかれ

その朝、出社するなりおれは、百万円の出金伝票を切って、課長の机に持っていった。

「課長。これに承認印を押してください」

課長はひと眼金額を見て眼をむいた。

「百万円！　き、君、こ、これはいったい……」

ごくりと唾《つば》をのんだ。

「この金を、何に使うんだね？」

おれはいらいらして、指さきで机をとんとん叩《たた》きながらいった。

「何に使ったって、いいじゃありませんか」

「しかし……」

課長はあきれたような顔で、ぼんやりとおれを眺めている。

とうとう我慢しきれず、おれは課長を怒鳴りつけてしまった。

「女房に指輪を買ってやるんだ！　ぐずぐずしていないで、早く押してくれ！」

「わ、わかったよ。だけど……しかしだねえ、君」

課長はしぶった。

おれは課長の顔に、自分の顔を近づけ、低く唸《うな》るようにいった。

「おい。押さねえというのか?」

課長はふるえあがった。

「押すよ、押す、押す」

あわてて捺印《なついん》した。

経理へ伝票を持っていくと、課員がびっくりして、経理課長に相談した。経理課長はおれの前に立ち、おずおずといった。

「あのう、これ、何に使うんです?」

おれは、かんしゃくを起こした。

「出しやがれ。こっちはいそぐんだ! この万年課長のでくのぼうめ! 蹴《け》とばすぞ」

「出します出します」

経理課長は、あわてて承認印を押し、課員に百万円を出させた。

おれは会社を抜け出し、繁華街の宝石店へ行って、ダイヤの指輪を買い、会社にもどった。

同僚も上役も、おれの姿を見ると、さっと顔を伏せたり、びくびくもので挨拶《あいさつ》したりした。

昼過ぎになり、時間がきた。

おれは席を立ち、課長にいった。

「よう。おれは出かけてくるからな」

課長は、気弱げにおれの顔を見あげて、うなずいた。

おれは怒鳴った。

「おい！　わかったのなら、返事ぐらいしろ！」

課長はあわてて立ちあがった。

「わ、わかりました。いってらっしゃいませ！」

車は社長用のを使った。おれは運転手に命じ、車を富士山麓《ふじさんろく》にすっとばせた。山麓の草原には、すでに妻がきていた。武装警官隊が妻を遠巻きにしていた。

おれは車をおり、妻に駆けよった。抱きあい、わあわあ泣いた。

「とうとう、お別れね」妻が泣きながらいった。

「あなた、お元気でね」

「お前もからだをだいじにしろよ」おれは妻の指に、指輪をはめてやりながらいった。

名残りは尽きなかったが、ついに、上空から円盤がおりてきた。

「奴らが、やってきた」

名も知れぬ遠い星の奴が、妻を自分たちの星へつれて行ってしまうのである。彼らの星には、女性がいなくなった。そこで、他の星を探しまわり、ついに地球へやってきて、妻に白羽の矢を立てたのだ。否《いや》も応もなかった。地球は彼らに最終兵器でおどかされ、手も足も出ない。いいなりになるより、しかたがなかったのだ。

妻は因果をふくめられ、おれも政府から、むりやり納得させられてしまったのである。

妻は宇宙人によって、着地した円盤のなかへつれ込まれ、はるか宇宙の彼方《かなた》へと、つれ去られてしまった。

円盤のとび去った方角を、わあわあ泣きわめきながら眺め続け、やがておれは、パトカーの一台に乗りこんだ。

「やい、ポリ公」と、おれは警官にいった。

「まだ会社に仕事が残っている。会社へすっとばせ。わかったか」

「かしこまりました」警官は車を走らせた。

「もっとスピードを出せ。この野郎」

おれは泣き続けながら、うしろから警官の頭を靴で蹴とばした。

「出します。出します」警官は泣きながら、車のスピードをあげた。

最終兵器の漂流

肉を切らせて骨を切るなどというが、こちらがノドを切られているのに、相手の指の骨を切っていたのでは負けてしまう。

そういうことにならないために、わが国には最終兵器というものがあって、それは北極の氷のなかに、ひっそりと隠されている。そしてわたしとイリヤは、その最終兵器の番人だ。

この最終兵器は、クレムリンでボタンを押すと爆発する仕掛けになっていて、われわれはこの近所にやってくる怪しい者を追い払うだけが役目だ。どうせ誰も来やしないのだが。

最終兵器の傍で寝起きするのは、さぞ気持ちが悪いだろうと思うかもしれないが、わたしもイリヤも、すっかり馴《な》れっこになってしまっているから平気だ。どうせこれが爆発すれば、生きている人間は地球上にひとりもいなくなるのだから。

「おい。サノバビッチ。たいへんだたいへんだ。起きろ起きろ。すぐ眼を醒《さ》ませ」

ある朝、イリヤが、ぐっすり眠りこんでいたおれを揺り起こした。

おれは起きあがり、寝ぼけ眼でイリヤ・キシモジンの髭面《ひげづら》を眺めながら訊《たず》ねた。

「どうしたのだ」

「まあ、外へ出てみろ」

おれたちは氷のなかに建てられた掘立て小屋から外へ出た。小屋から数メートル離れたところには、最終兵器の安置されているコンクリート建ての四角い小屋がある。そしてまわりは、そびえ立つ氷山にとり囲まれている——はずだったのだが、外へ出てみると北側の氷山がなくなっていた。その部分は、いつの間にか海になっている。

「あそこにあった氷山がない」

おれはびっくりして叫んだ。

「いったいこれは、どうしたことだ」

「どうやら氷山の麓《ふもと》で氷が割れて、われわれは南の方へ流されているらしいんだ」

おれは左右と背後の氷山を見まわしていった。

「あの氷山の向こうはどうなっている」

「さっき登ってみたが、やはり海だ」

と、イリヤはいった。

「この小屋を中心に、約一キロ四方の彼方はすべて海だ」

「南へ流されているとすると、いずれこの氷山は、ぜんぶ溶けてしまうぞ」

おれは少しあわてた。

「おれたちは溺《おぼ》れてしまう」

「いや。もっとぐあいの悪いことがある」

イリヤはポケットから『最終兵器ハンドブック』という、何度も読み返してぼろぼろになった手帳を出していった。「第三十六項。最終兵器は水に浸ると作動する」

作動するというのは、爆発するということである。

「たいへんだ。すぐクレムリンへ救助を求めよう」

おれたちはあわてふためいて、クレムリンへ直通の無線電話機がおいてある掘立て小屋に引き返そうとした。

小屋の入口までもどってきて、おれたちは立ちすくんだ。一匹の巨大な雄のシロクマが、掘立て小屋のドアをがりがりと爪で引っ掻《か》いていたのである。

「シロクマだ」

「奴も、おれたちといっしょに流されていたんだな」

「小屋のなかへ入るつもりらしいぞ」

「入られては困る」

おれはイリヤにたずねた。

「銃は持っているか。おれのは小屋のなかだ」

「おれのも小屋のなかだ」

うろたえているうちに、シロクマは力まかせにドアを押しあけ、小屋のなかへ入っていった。

おれたちがなすすべもなく、小屋のまわりをただおろおろしながら歩きまわっていると、やがてシロクマはのそのそと外へ出てきて南側の氷山の方へ去っていった。小屋のなかへ入ってみて、おれたちはあっと叫んだ。シロクマが食べものを捜して荒しまわったらしく部屋のなかはひっくり返っていた。ベッドは裂け、食器は粉ごな、そして無線電話機は無残に叩《たた》き壊されてしまっている。

「これじゃ電話ができないよ」

おれは悲鳴まじりの泣き声を出した。

「ああ。もう破滅だ。世界の終りだ」

「あのシロクマの奴め」

イリヤは壁の銃をとり、シロクマを追って出ていった。

「撃ち殺してやるぞ」

部屋のなかを片づけていると、イリヤが血相を変えて駆けもどってきた。

「たいへんだ。シロクマが、最終兵器の小屋の戸を壊そうとしているぞ」

おれは泡をくって外へ駆け出た。見るとシロクマは、最終兵器のコンクリート建ての小屋を、食料の倉庫か何かだと思っているらしく、鉄の扉をがりがりと爪で掻きむしっている。

「あそこへ入られちゃ、たいへんだ」

おれはとびあがって、イリヤに叫んだ。

「おい。何をぐずぐずしている。すぐに銃で撃ち殺せ。早くはやく」

「そういうわけにもいかないんだ。打ち損じると、あの鉄の扉に穴があく」

イリヤはまた、ハンドブックを出して読んだ。「第四十二項。最終兵器は外気に触れると作動する」

作動するというのは、いうまでもなく爆発するということである。小屋のなかは、どうやら真空状態のままで密閉されているらしい。おれたちはただおろおろし、シロクマの一挙一動に眼をこらし、とびあがったり頭をかかえたり、身を凝固させたり、しゃがみこんだりするだけだった。

そのうちにシロクマは、あまりの空腹にやけくそ気味になったか、どしんどしんと鉄の扉に体あたりをはじめた。

「ああ。もうだめだ」

イリヤが泣き声を出し、氷の上にうずくまってしまった。

「何がだめなんだ」

「これを読んでみろ」

イリヤがまたハンドブックを出し、おれに見せた。

「第八十項。最終兵器はわずかな衝撃によっても作動する」くり返すが、作動するというのは爆発のことだ。

「うわあ」

おれとイリヤが、抱きあったまましばらくがくがくと顫《ふる》え続けているうちに、とうとうシロクマは力を使い果し、あきらめたようすで氷山の方へとぼとぼと歩み去った。さすがに建物は頑丈にできていたと見え、シロクマの体あたりは効果がなかったらしい。

やれ助かったとほっとしたのも束の間、背後の海上をふり返ったイリヤが、ぎゃっと叫んでおどりあがった。

「氷山だ。別の氷山だ。こっちへくるぞ」

南の海を、氷山が漂いながら、おれたちの方へ流れてくるのだ。おれたちの氷山よりはだいぶ小さいが、それでも衝突すれば、最終兵器が爆発するには十分なだけの衝撃をあたえるであろうことは確かだ。

「あいつを避ける工夫はないか」

「そんなものはない」

徐々に近づいてくる氷山を、くわっと眼を見ひらいて眺めつづけ、おれたちは瘧《おこ》りのように痙攣《けいれん》しているだけだった。手足がすくんで、動けなかった。下半身がなま温かくなってきた。イリヤも同じく、ズボンから湯気を立てていた。

衝撃はひどかった。

ぶつかってきた小さな氷山はこちらの氷山の一角に喰《く》い込み、ばらばらに砕けた。おれたちは氷山の上にひっくり返り、ころころ転がった。

「やった」

と、おれは叫び、横たわったままで眼を閉じた。一分……二分……。だが爆発は起こらない。もちろん起こったことを知った時はすでに死んでいるわけだが、死んだようすもない。

おそるおそる眼を開いた。

あきれたことに最終兵器の建物の、例の鉄の扉が開いていた。今の衝撃で開いたらしい。

「どうやら、あの爆弾は不発らしいぞ」

地べたに俯伏《うつぶ》せたまま、イリヤがそういった。

「最終兵器に、不発なんてことがあるのか」

「当然作動すべき事態が二つも三つも起こっていながら爆発しないということは、つまり不発だ」

おれたちは立ちあがって建物に近づき、開いたままの入口からなかへ入った。

中はからっぽだった。

「最終兵器はどこだ」

「どこにもないな」

イリヤは考えこんだ。

「はじめから、最終兵器なんてなかったんだろうか。欧米各国にたいするこけおどかし策だったんだろうか」

「いや。そんなはずはない」

イリヤはかぶりを振った。

「わかってきたぞ。だんだん」

だがおれには、何がなんだかわからなかった。

「どう、わかったんだ」

「最終兵器は、すでに作動したのだ。つまり、もう爆発したのだ」

「爆発したって、いったい、いつ」

「おれたちが寝ている間にだ」

「そんな馬鹿な。じゃあ、おれたちはなぜ、こうして生きているんだ」

「最終兵器が爆発した時のエネルギーがどれほどのものか、お前には想像がつくかい」

「つかないね」

「そうだろう。爆発時のエネルギーは、あまりにも巨大すぎた。そのため、爆発の中心部一キロ四方にあったものだけが、爆発したはずの世界から、別の世界へ吹きとばされたんだ」

「別の世界だって」

「爆発のエネルギーは、爆心地の空間をではなく、時間を無茶苦茶にしたのだ」

「ではわれわれは、別の時間へ吹きとばされたというわけか」

「そうだろうね」

「なぜ、そんなことがわかるんだ」

「そういうSFを読んだことがあるんだ」

「なんだつまらない。しかし、もしもおれたちが別の時間へとばされたとしたら、それはいったい、過去の世界かい、それとも未来かい」

「そんなこと、わかるものか」

おれたちは外へ出た。すでに夜になっていた。

「しかし、おそらく過去じゃないかな」

と、イリヤがいった。

「どうして」

「未来へとばされたとすると、すくなくとも千年以上の未来ということになるからね。最終兵器の放射能は、千年以上消えないはずだ。しかしおれたちは生きている。放射能に冒されたようすもない」

「まあ、いいじゃないか」

と、おれはいった。

「過去にしろ未来にしろ、おれたちは、命だけは助かったんだから」

「いや、助からないよ」

イリヤがそういって、海の方を指さした。

「あれを見ろ」

夜霧のなかからぬっとあらわれ、おれたちに近づいてくる豪華船の巨大な姿が、おれの眼にとび込んできた。そしてその船腹に書かれた『タイタニック号』の文字が夜目にも白く……。

腸はどこへいった

英語の単語を覚えるのに、いちばんいい場所はどこか知っているか。

そうとも。知っているやつは知っている。

それは便所だ。

おれは英語の成績がいい。なぜかというと、いつも便器の上にしゃがみこんで単語を暗記するからである。実によく覚えられる。うんときばっている間に三つや四つは覚えられる。

だからおれは、なるべく一日に三回便所へはいるようにしている。生物の教師がいったところによると、便所へいけばいくほど健康にはいいそうだ。

便所へはいっている時間も、できるだけながくしたほうがいい。おれなどは、風邪をひきそうになるまで、じっとうずくまっている。

いちど一時間半はいっていたことがあって、このときはおやじが、かんかんに怒った。

「いつまではいっているつもりだ。他人の迷惑も考えろ」

戸の外で、がまんしていたらしい。おれはあわててとび出した。

さて、そんなことをしているうちに、おれはある日、たいへんなことを発見した。いつも、単語を覚えるのに夢中になって、よく注意していなかったのだが、あるときふと気がつくと、おどろいたことには、ぜんぜん大便が出ていないのである。

——これはいかん。いつも下半身まる出しでしゃがみこんでいるものだから、ついに便秘になったか。きっと冷えたにちがいない。

——そのときおれは、そう思った。

それからも一日三回、きまった時間に便所へいくようにしたが、便通がぜんぜんない。

ふつう、便秘というのは、便意はもよおすものの、なかなか大便が出ないという状態のことである。話がきたなくなって悪いが、つまり大便がカンカチコに固まって、俗にいう糞《ふん》づまりの状態になるのが便秘である。

この便秘というのは、おれも中学生のころ一度なったことがあるが、非常に苦しく、なさけなく、せつないものだ。腹がはって、なかのものを出してしまいたいのだが、いくらきばっても力んでも、出ないのだ。しまいには泣きたくなる。

ところがこんどは、どうやらそれではないらしい。腹に何かがたまっているという感じがしないし、そのうえ便意もぜんぜんもよおさないのだ。

では、ものを食べていないのかというと、そんなことはなく、いつもよりよく食べるくらいである。昨夜も母親がこういった。

「おまえ、最近よくご飯を食べるね。それで六杯めだよ」

「そんなに食べたかな」

「そうだよ。おまえきっと胃拡張という病気だよ。いちど病院へ行ったらどうだい」

母親を心配させるといけないので、おれは便通のないことは黙っていた。

「でも、からだの調子はすごくいいんだよ。そして、食べたあと、すぐ腹が減るんだ」

「そうかい。まあ、食欲がないよりは、いいけどねえ」

じっさい腹が減ってしかたがなかったのだ。食事してから一時間ほどすると、もう腹がぺこぺこである。じつに不思議だ。

それからさらに二か月——便通はぜんぜんない。しかもよく食いよく飲み、腹は減る。ふつうなら、おれの下腹は三か月分以上の大便がたまって、ふくれあがっているはずなのだ。それなのに心も軽く身も軽く、胃はなんともなく、腸もなんともない。

こんなおかしな話があるだろうか。

さらにおれは、えらいことに気がついた。

もう何か月も前から、おれが便所へいくのは、大便所でうずくまるためだけなのだ。おわかりか。つまりおれは、ここ何か月かの間、小便もしていないのである。

これには、われながらあきれてしまった。

――よくこれで、生きていられるな。

自分でそう思うのだが、からだそのものは以前より健康で、ぴんぴんしている。したがって学校の勉強もよくできる。

こいつは原因不明の病気にかかったらしいぞ――そう思い、医学辞典などをひっぱり出して読んだものの、そんな病気なんか、あるわけがない。おれはだんだん、心配になってきた。

ある日学校で、休憩時間におれがそのことを考え続けていると同級生の下田治子がやってきて、ささやくようにいった。

「どうしたの邦彦さん。何か心配ごとがあるみたいね」

この治子は、おれの最愛のガール・フレンドである。石森章太郎《いしもりしょうたろう》の少女マンガに出てくる女性のようなかわいい顔だちで、しかも皮膚の色は薄いピンクだ。高校生で、顔の色がピンクという女の子はなかなかいない。うそだと思ったらさがしてみろ。とにかく治子は、この高校でいちばんの美少女だ。しかも彼女の家は、おれの家の三軒隣だ。将来、治子は、おれの妻になるはずである。

だが、いくら将来の妻といったって、彼女の質問に、ありのままを答えるわけにはいかない。だって、そうではないか。傷つきやすい心を持った美しい少女に、

「ボク、三か月前からウンコが出ないの」

そんなことをいってみろ。たちまち軽べつされて、つき合ってもらえなくなる。もちろん結婚なんかしてくれるはずがない。

おれは返事に困りあわてて陽気に笑った。そして、かぶりを振った。

「心配ごとなんか。そんなものないよ」

「いいえ。あなたはきっと、何かで悩んでるんだわ」

彼女は熱っぽい目でおれを見て、そういった。

「わたしには、わかるのよ」

彼女はおれを愛しているな――おれはそう感じた。こうなってくると、ますますほんとうのことはいえない。おれは黙っていた。

ところが女というものは、秘密を持っていたり、人知れぬ悩みを持っている男性には、実に弱いらしい。治子の、おれに対する恋ごころは、ますますつのるようである。しまいには、

「わたしにもいえないような悩みなのね。あなたきっと、わたしがきらいなのね」

そういって泣きそうな声を出す。

だからといってほんとうのことをいえば、彼女はいっぺんにおれをきらいになってしまうだろう。

おれは、ほとほと弱り果てた。

そうだ、おじに相談してみよう——おれはやっと、学校の近くで病院を開業しているおじのことを思い出した。

このおじは外科医で、おれは子どものときから、ケガをするたびにこのおじのところへ駆けこむことにしている。だから今まで、さんざんやっかいになった。

また、このおじはたいへんな天才である。医学だけではなく、物理学や数学でも学位を持っている。つまり医学博士であり、理学博士なのだ。もっとも、天才と気ちがいは紙一重というとおり、多少風変わりなところがある。どういうところかというと……。

まあ、それは話が進むにつれて、だんだんわかってくるだろう。

その日、学校の帰りに、おれはおじの病院に行った。

「やあ、邦彦か。どうした。今度はなんだ。腕の骨折か。それとも盲腸か」

「そんなものじゃ、ありません」

「ほう。だいぶ深刻そうな顔をしているな。してみると病気ではなく、青春の悩みをうちあけるから、相談に乗ってくれというわけか」

「いえ。病気は病気なのですが、それがその、はたして病気といえるかどうか……。からだの調子はいいし……」

「なるほど、わかった。では精神病だな。幻覚を見るとか、妙な予感や夢に悩まされるとか」

「そういうものでもないのです」

「ではなんだね。早くいいなさい」

このおじは、頭がよすぎて、すごくせっかちなのだ。おれは今までのことを、全部話すことにした。

毎日三回便所へいくのだが、便通がぜんぜんないこと。小便も出ないこと。だが、便秘ではないらしいこと。からだの調子はすごくよくて、腹も減ること。等、等、等。

おじは最初、気のりがしないようすで、ふんふんといいながらうなずいていたが、話の途中から急に熱心になり、身をのり出し、目を輝かせ、おれのことばの途切れめに質問をはさんだりしはじめた。

ぜんぶ話し終わってから、おれはおじに尋ねた。

「……と、いうわけです。こんな不思議なことがあるでしょうか」

「ふうん。なかなかおもしろい」

「こっちは、おもしろいだけではすみません」

おれは、あわてていった。

「いくらからだの調子がよくても、出るものが出ないというのは、不安でたまりません。なんとか説明してもらうか、もとどおりにしてもらわない限り、このままでは心配で気が狂います」

「まあ、待ちたまえ」

おじは立ちあがり、診察室のなかをうろうろと歩きまわりながら、しばらく考え続けた。

やがて、おれをふり返って、たずねた。

「邦彦。お前は半年ほど前に腸捻転《ちょうねんてん》を起こしたことがあったな」

おれはうなずいた。

「ええ」

「あのときのことを覚えているか」

「はい。覚えています」

と、いっても、読者諸君はご存じないだろう。ここでちょっと、おれが腸捻転になったときの話をしておこう。
五、六か月前のことだ。
おれは学校の校庭でフットボールをしている最中、腸捻転を起こした。

「いてててててて」

あまりの痛みに、おれは校庭のまんなかにひっくり返り、のたうちまわった。

「どうしたどうした」

級友があわてて駆けつけてきた。体操の教師もやってきて、おれのようすを見て大声でいった。

「腸捻転らしいな。食事をしたあとで、急に激しい運動をしたからだ」

「まあ。腸捻転ですって」

下田治子がおどろき、わあわあ泣きながら、ぶっ倒れているおれのからだにすがりついてきた。

「邦彦さん、お願い。死なないで死なないで」

彼女のおれにたいする愛情をはっきり知ったのはこの時である。だがこっちは何しろ腸の痛みで、それどころではない。おまけに治子が泣きわめきながらおれのからだをゆさぶるものだから、その痛さはとうてい何ものにもくらべがたい。あまり痛くて気絶もできない。

「た、助けてくれ」

おれは悲鳴をあげた。

「こら。動かしちゃいかん」

と体操の教師が叫んだ。

「早く手術しないと腸が腐って死んでしまう。このまますぐ担架に乗せて、病院へ運ぼう」

と、いうわけでおれは級友たちのかつぐ担架に乗って、おじの病院へやってきた。

治子は担架のうしろから、わあわあ泣きながらついてきた。

「死なないで。死なないで。邦彦が死んだら、わたしも死んじゃうから」

病院へ着くと、おじがおれを診察し、レントゲンをとっていった。

「ふん。これは腸捻転だけではないな。腸重積というやつだ」

腸捻転というのは、腸が手ぬぐいを絞ったようによじれることだが、腸重積というのは、腸の位置が移動して、入れこになることである。ついてきた体操の教師がびっくりした。

「それはたいへんだ。なおりますか」

「ふつうの外科医なら、ここで開腹手術をするところだ」

と、おじはいった。ここで、自分がいかに名医であるかを、ながながと自慢する気らしい。

こっちはからだを折り曲げ、ひや汗を流して苦しんでいるというのに、じつにいい気なものである。

「だがわたしは名医だから、そんなめんどうなことはしないよ」

と、おじが自慢を続けていた。

「こんなものは、すぐなおして見せます」

おじはまず、おれに浣腸《かんちょう》をし、レントゲンで腸を透視しながら、口から細いゴム管を突っ込み、腸の内容物を吸い出した。そしておれの腹の上から、手でぐいぐいと腸の位置を移動させた。

おどろくべし。おれの痛みはたちまちなくなってしまったのである。

「あのときのおじさんの治療が原因で、大小便が出なくなったのでしょうか」

おれはびっくりして、そうたずねた。

「ううん。あのときの治療は、すこし乱暴だったかもしれんな」

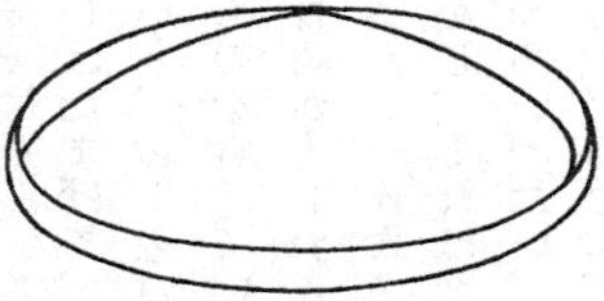

おじは、あいかわらず考え込んだままで、おれにそういった。
「しかしおまえが、大小便を出さなくなったのは、三か月前からなんだろう」
「さあ。ひょっとすると、おじさんに腸捻転をなおしてもらってからかもしれません。なにしろ、ずっと便所のなかで英語の勉強をしていたため、出したかどうか、覚えていないのです」
「だとすると、おまえは六か月間、大小便をしていないことになるぞ」

おじはたまげて、そう叫んだ。

「しかも、おまえの話を聞いていると、おまえはだいたい、普通の三倍から四倍くらい、ものを食べている。その間の大小便の量は、計算してみると何トン、いや何十トンになるかもしれん」

「まさか。そんなオーバーな」

しかし、それほどではなくても、相当の量になることはたしかだ。

「じゃあいったい、その大小便は、どこへ行ってしまったのでしょう」

「うむ。だんだん、わかりかけてきたぞ」

おじは目を光らせて、そういった。

「おまえは位相幾何学というものを知っているか」

と、おじはいった。

「そんなもの、高校では教えてくれません」

「あたりまえだ。こんなむずかしいものを高校で教えてたまるものか。これは高等数学だ」

「数学が、ぼくの病気と、どんな関係があるのですか」

「おおいにある。この位相幾何学というのは、あまりむずかしくて、ひとくちに説明することができない。だが、そのなかに、メビウスの輪というのが出てくる」

「メビウスの輪、ですって」

「そうだ。メビウスの輪というのは、こういう形をしているんだ」

おじは、かたわらにあった紙切れをとりあげて、細長く切ると前頁の図のようなものを作っておれに見せた。

「これがメビウスの輪だ。つまり、一か所でねじれている。まず、この紙の表側をたどっていくと、いつの間にか、裏側をたどっていることになる。さらに、その裏側をずっとたどっていくと、今度はまた、いつの間にか表側をたどっている。つまり、いっぽうの面が、表でもあり裏でもあるという、これがメビウスの輪なんだ」

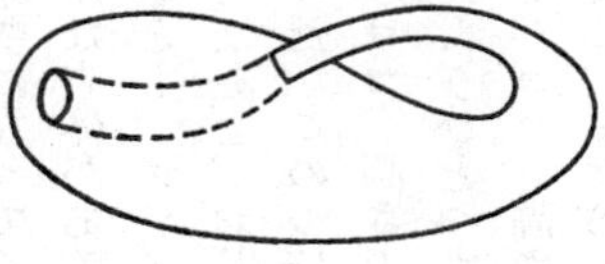

「たしかにそうです。でも、それがどうしたんですか」

「まあ待て。ところがこんどは、立体で考えてみよう。メビウスの輪というのは、展開すれば平面だが、いつの間にか立体の観念がはいってきているだろう。では、今度は立体で、外側と内側とがいっしょというものを考えれば、今度は立体の、ひとつ上の観念がはいってくるはずなんだ。つまり幾何学でいう、X、Y、Zの各軸に、もうひとつ何かがプラスされた観念が必要になってくる」

「そんな立体があるのですか」

「あるとも。クラインの壺《つぼ》という立体だ。それはこんな形をしている」

こんな絵を、おじは描いて、おれに見せた。

「どうだ。このつぼはたしかに外側が内側であり、内側が外側にもなっているだろう。タテ、ヨコ、高さの三つの次元軸から成り立っている観念では、理解できないものがある。もうひとつ別の次元を考えなければならない」

「タテ、ヨコ、高さ以外の、もうひとつの次元ってなんですか」

「それは、まだわかっていないんだがね。時間ではないかなどと、いわれている。しかし、そうなってくると、われわれには理解できなくなってしまうのだ。われわれは時間を自由にあやつることなど、とてもできないからね。それはすでに、われわれの住んでいる、この三次元の宇宙の問題ではなく、他次元の宇宙の問題になってしまうのだ」

おれにはやっと、おじのいおうとしていることがわかってきた。

「じゃあおじさんは、ぼくの腸が、この前の腸捻転《ちょうねんてん》の治療のときに、メビウスやクライン的にねじれてしまったため、位相幾何学の効果が発生し、大便や小便が、他の次元の宇宙へとびこんでしまっているというんですね」

「まあ、早くいえばそうだ。わしの考えが正しいかどうか、レントゲン写真をとってみよう。こっちへ来なさい」

おれはレントゲン室にはいり、おじに腸のレントゲン写真をとってもらった。

「やっぱり、思ったとおりだ」

おじは写真をながめていった。

「このよじれ方は、位相幾何学によく出てくるグラフと同じ曲線を描いている。この曲線のどこかで、腸は他の宇宙につながっているのだ。つまり、その部分で、おまえの腸の内容物は、他の宇宙へとびこんでいるんだ」

「じゃあ、早くもとへもどしてください」

と、おれは叫んだ。

「まあ待ちなさい」

おじは、考えながらいった。

「もしも今、おまえの腸をもとへもどしたとすると、他の宇宙から、この宇宙への通路を、いったん開くことになるのだ。そうなると、いったいどういうことが起こるか、わしには想像もできない。つまり、危険がともなうわけだぞ」

「でも、背に腸はかえられません」

と、おれはふたたび叫んだ。

「このまま一生、無便症のままだなんて、そんなことはいやです」

「便所へいく手間が、はぶけるじゃないか。将来おまえが家を建てたとする。その家には便所がいらない。建築費が安くあがる」

「いやです。いやです」

おれは泣きわめいた。

「大小便をしないと、人格を疑われます」

「それほどまでにいうのなら、直してやろう」

おじは、しかたなしにいった。

「だが、どんな結果になっても、おれは知らんぞ」

おじはふたたび、おれの腹の上から、手でぐいぐいと腸の位置を変えた。

「これでよし。もとのとおりだ」

だが、なんの異変も起こらなかった。おれのからだにもなんの異常もない。

「心配するほどのことは、ありませんでしたね」

と、おれはおじにいった。

「そのようだな」

おじも笑った。

病院を出て、まっすぐ家へもどった。

家の近所まで帰ってくると、あたりがなんとなくさわがしい。

パトカーや消防車が走って行く。

火事だろうか——そう思いながら歩き続けていると、向こうから、父と母がぼんやりこっちへ歩いてきた。下田治子や、その両親もいっしょだ。みんな、ぼうぜんとした顔をしている。

「いったい、どうしたんですか？」

おれは彼らを呼びとめ、そうたずねた。

父は、黙ったままで、家のほうをふりかえり、あごで示した。

家のほうをひと目見て、おれはあっと叫んで立ちつくした。

家のあったところには、小山ができていた。下田治子の家は、山のふもとで押しつぶされてしまっている。

その山は、大便でできていた。

亭主調理法

わたしは柱時計を見あげる。もう十一時半である。

夫はまだ帰ってこない。

ここ五日ばかり、夫が十時前に帰ってきたことは一度もない。結婚してまだ一か月にしかならないというのに。

結婚前に思っていた新婚家庭の雰囲気はぜんぜんなくて、わたしが起きて夫と顔をあわせることは一日にほんの数十分。最初のうちこそ男の仕事、男のつきあいと思い、いらだつ自分の気持ちをなだめたりごまかしたりしてきたものの、いい気になってだんだん遅くなる夫の帰宅に今はもうなかばヒステリーになってしまい、新妻のつつしみやはじらいはおろか怒りをかくす気持ちもすでにどこかへ失《う》せてしまった。

男って、なんて勝手なんだろう――わたしはそう思う。結婚前は、あれだけ低姿勢だったくせに、結婚してしまうと横暴になって、さも自分が養ってやっているんだという態度をあらわに示し、口答えするなの一点ばり。ああ、腹が立つ。

足音が聞こえてきた。鈍く重い、特徴のある足音。

彼だわ――わたしは立ちあがる。

むらむらと、あらたな怒りがもえあがり、ひとりでに口もとがひくひくと痙攣《けいれん》する。

「おうい。あけてくれえ。帰ったぞお」

いい気なもんだわ、なんていってやろうかしら、どうやってとっちめてやろうかしら——。

腹立ちを押さえ、だまってドアをあけると、ボタンをはずしただらしない姿でぬっとつっ立ち、眼をとろんとさせている彼。

また、酔っているんだわ——。

わたしは、さっさと茶の間へ引きかえし、卓袱《ちゃぶ》台《だい》の前にすわる。

「なんだよう、その顔は」

酒くさい息を吐きながら、ふらふらと部屋へ入ってくる彼。

「お帰りなさいぐらい、いったらどうだ」

「お帰りなさい」

いや味たっぷりにいってやったが、鈍感な彼には通じない。

「何してるんだ。着物着物。着物を出してくれ」

「自分で出したらいいでしょ」

とうとうたまりかねて、わたしはヒステリックな声をはりあげてしまう。

「お酒臭いわ。そばへ寄らないで」

彼は目を剝《む》き、不必要に大きな声で怒鳴りつける。

「亭主に向かって、何だそのいいかたは」

十八番のせりふである。もうなれてしまっているから、わたしはちっとも驚かない。

「何よ。大きな声さえ出したら、人がびっくりすると思って。いったい今まで、何してたのよ。ああ、いわなくてもわかってるわ。おつきあいでしょ。これも仕事のうちだっていうんでしょ。お仕事に熱心だこと。そんなに精を出してお勤めしたら、きっと出世も早いでしょうよ。いつもお酒を飲むと気が大きくなって、明日にでも係長さんになれるような口をきいてさ。でもね、お隣の梶浦さんなんか、あんたより歳が下で、しかもお酒は一滴も召しあがらないのにもう係長さんで、来年は課長代理だそうよ。これ、どうなってるんでしょうね」

「こいつ。べらべらと亭主に口答えしやがって。承知せんぞ」

彼がわたしの方へ近づいてくる。

ここで逃げ腰になっては、わたしの負けになる。わたしは彼に胸をつき出す。

「どう承知しないっていうのよ」

「この野郎」

彼の掌《てのひら》が、わたしの左の頰へとぶ。

わたしの頰はひりひりと火照る。かっとなったため、わたしは痛みを感じない。

「何さ。しゃべるのがへたなものだから、すぐに手を出して。野蛮人。ゴリラ。けだもの。口惜《くや》しかったら、何とかいったらどうなのよ」

彼の顔色が、しだいに蒼《あお》ざめてくる。

わたしも、これだけひどいことをいったのは、はじめてだ。

「亭主をけだものといったな」

彼は握りこぶしをかため、わたしを殴りつける。顔が歪《ゆが》むほどの力だ。

「この野郎。この野郎」

右、左、右と、彼はわたしを殴りつづける。眼を血走らせ、唇のはしに白い泡を溜《た》め、今はもう、酔ったように興奮して——。

わたしの口のなかは切れ、血の味がする。

「いけない。やめて」

と、わたしは叫ぶ。

だが彼はやめない。

——このままでは、殺される——。

わたしは台所へ逃げる。

どこまでも追ってくる彼。

夢中で刺身包丁をつかみ、ふり返る。

彼が、歯をむき出してつかみかかってくる。

わたしは眼を閉じ、包丁を突き出す。

手ごたえ。

重い彼のからだが、ぐったりとわたしの上にもたれかかってくる……。

ひと突きで、心臓を貫いたのだわ……。

板の間に、ゆっくりと倒れ伏す彼のからだ。彼はもう、動かない。ものもいわない。

ああ。どうしよう。どうしよう。

わたしは茫然《ぼうぜん》と、その場に立ちつくす。

もう、怒りは消えている。悲しみの感情も起こってこない。

彼は死んでしまった。そう、死んでしまった。死んでしまったものは、しかたがないじゃないの。

わたしは出刃包丁をとり出す。

腹部を、まずタテ一文字に切り開き、内臓をとり出す。それから、それぞれの部分の肉を骨と切りはなす。

たくさんの、肉のこま切れ——。そのなかから、もも肉ふた切れをえらぶ。

肉の筋を切り、軽く叩《たた》いて繊維を柔らげ、軽く塩、こしょうする。形を整えてから、小麦粉をまぶす。

じゃが芋《いも》をあらく切り、塩を加えた冷水からゆでて裏ごしにする。それを鍋《なべ》に入れ、バター大さじ一ぱいを入れてよく練り、暖めた牛乳大さじ二はい、塩、こしょうで味つけする。

つぎに、フライパンにバターを熱し、肉の両面を色よくいためてから、いったん取り出す。あとの鍋で玉ねぎのみじん切りをいため、小麦粉をふり混ぜ、よくいためる。そこへ固形スープを入れたトマトジュース、りんごの薄切りを加える。すこし煮てから肉を鍋にもどし、弱火で煮る。

暖めた皿に、芽キャベツのソテー、マッシュポテト、玉ねぎの輪切りといっしょに添えますと、お惣菜《そうざい》にも、またお客さまにも出せる豚肉のうま煮のできあがりでございます。

（編集部よりお詫び）印刷屋の手違いにより、筒井康隆先生のショート・ショート『亭主調理法』と、由村白菜先生の『豚肉の洋風うま煮の作りかた』の原稿がごっちゃになって、ひとつの話になってしまいました。時間がなくて校正している暇がなく、両先生ならびに読者のみなさまに、ご迷惑をおかけしましたことを、深くお詫《わ》び申しあげます。

我輩の執念

公団住宅に当たった奴はよほど運のいい奴だ。おれはそう思う。おれなどは当たったことが一度もない。もっとも一度でも当たっていればすぐ入居するから、こんな苦労はしないのだが。

このあいだ、落選通知のハガキの数をかぞえてみたら、おどろくなかれ五十三枚もあった。ある枚数以上になると——つまり、ある回数以上落選すると、特といって特別扱いになり、有利な抽選を受けることができ、当たる確率が高くなるのだが、おれはまだ当たらない。

おれはよくよく運が悪いらしい。おれの勤めている会社は、早朝出勤を社員に強制するし、残業が多いから、できるだけ都心に近いところへ住まなければならない。だから、おれが今住んでいるのは、ごみごみした下町の汚ない小さな荒物屋の二階である。六畳ひと間だ。おれひとりなら何とかがまんできるが、この六畳におれと、おれの女房と三歳になる餓鬼とが寝起きしている。窮屈なことこの上もない。いい生活をしている奴なんかにはこのおれの苦しさ、つらさがどんなものか絶対にわかるまい。わかってたまるものか。

会社からくたくたに疲れて家に帰ってきても、ごろりと横になる場所がない。夜だってからだをエビみたいに折って寝なきゃならない。だから朝起きると、からだのあちこちがぎしぎし音を立てて痛んでいる。会社に行ったって疲れているから仕事のミスが続く。だから当然ボーナスにも影響するし、昇給もしない。

女房はぶつくさいうし、餓鬼はぎゃあぎゃあ泣きわめく。荒物屋の婆さんは出て行けよがしのいじわるを毎日する。女房はヒステリーを起こし、おれのノイローゼはひどくなる一方だ。

それならなぜほかのアパートを捜さないのかというと、ここより安くて会社に近いところがほかにないからだ。このあたりで部屋代が三千円以下というところはほかにはない。部屋代がそれ以上だと、おれのサラリーでは生活費が賄えないから、親子三人で鴨居からだらりと垂れさがらなくてはいけない。と、いうわけだから、今のところ、いくらつらくても、このアパートを出て行く気はないし、また出て行くこともできないのである。

ところがある日、おれのただひとりの親戚《しんせき》のおじが死んだという通知がきた。子どもの頃に顔を見ただけで、ここ二十年来音信不通だったおじだ。

死んだからといって、遺産を期待したわけではない。ずっと秋田県の山奥に引っこんでいて、荒れはてた田舎家に住んでいたのだから。

でも、たったひとりの親戚だから、しかたなく葬式には出かけた。ところが行って見ておどろいた。近所の山が、ぜんぶおじの持ちものだというのである。当然遺産として、山はおれのものになるわけだ。売ったとしたら、どのくらいの金額になるものか想像もつかない。今まで運が悪かったおれとしては、たいへんな幸運にころがりこまれたものである。

おれはわくわくしながら家へ帰ってきた。

「おい女房よろこべ」

おれは帰ってくるなりそういった。

「おじの持っていた山が手に入った。おれのものになったんだ」

「まあ」

女房はとびあがって喜んだ。

「その山、いくらくらいに売れるの」

「さあ、五十万かな。いや五百万。いやいや、五千万円くらいするかもしれない」

「そんなお金、見たこともないわ」

女房は息をのんだ。

「すぐ売りましょ。わたしに着物を買ってちょうだい。時計も、ダイヤの指輪も真珠のネックレスも、そ、それから、それから……」

「ばか。買うとしたら、何よりもさきに家だ」

数日後、さらに驚くべき通知が舞いこんだ。ある鉱業会社からの手紙で、山からは銅に銀、それに少量の金さえ出るはずだから売ってくれというのである。金額は五千万となっていた。よく読み返してみると、ゼロの数をかぞえちがっていて、実際は五億だった。もういちど読み返してみると五十億だった。

「山から銅や銀が出る」

と、おれは女房にいった。

「五十億の金が入るぞ」

女房はうんといって眼をまわしてしまった。無理もない。あまりのうれしさに、おれでさえ発狂しそうだ。しかし、ここでおれが発狂してしまってはもとも子もないので、気をとり直し、できるだけ正気を保つように努力しながら先方のいい値で売るという返事を出した。やがて金が送られてきて、おれは一躍、億万長者になってしまった。相続税にだいぶ金をとられたが、それでも億万長者であることにかわりはない。

おれは会社の上役に辞表を出した。その時のいい気持ちだったこと——。こんないい気持ちになれるのなら、もう数回サラリーマンをやってもいいと思ったくらいである。

女房は早く家を買おうといった。だが、おれには考えがあった。

都心の一等地に広い地面を買い、そこにデラックスなアパートを建てたのである。鉄筋コンクリート十六階建て。各階には部屋を八十世帯分造った。全階で千二百世帯が住めるアパートだ。一戸が四DKである。八畳と六畳の洋間がふたつ、八畳と四畳半の和室がふたつ、十畳分は十分あるダイニング・キッチン、それに幅三メートルのベランダと庭を各戸にそなえるよう設計した。もちろんバス・トイレ・温水シャワー・電話つきで、地下には冷暖房装置を設置して各室にダクトをひいた。

アパートが完成すると、おれたち親子三人はその一階の管理人室へ引っ越した。

一戸建ちの豪勢な家がほしかったといって女房がぶつくさ不平を鳴らし立てたが、おれにはおれの考えがあったのだ。とにかく団地アパートに落選ばかりしていて、あれだけ苦労をしたのである。ちょっとはおれの夢だって実現させてやらなきゃかわいそうである。

おれは六大新聞に、入居者募集のでかい広告を出した。家賃は三千円にした。これなら誰だってとびつく。

どうせ希望者は募集数を上まわるたいへんな数になるだろうから、抽選方式にした。当選番号をきめておき、申し込み者に数字を書きこんだハガキを返送してやるのである。当選者の発表は一か月先にやることにした。

思ったとおり、つぎつぎとハガキが舞いこんできた。管理人室にはハガキの山ができた。おれはハガキに数字を書きこんでは返送した。

わくわくしながら発表を待っている、数十万人の申し込み者の気持ち――それはおれには、痛いほどよくわかった。おれほどよくわかる人間はほかにはいないだろう。いないのだ。

当選番号が新聞に発表されて、自分が落選したとわかった時の、泣きたくなるような気持ち――おれほどそれのわかる人間もほかにはいないだろう。いない。

しかしおれは、申し込み者すべてに、その気持ちを味わわせてやるつもりだ。なぜなら、数字を書きこんで返送したハガキのなかに、当選番号を書いたものは一枚もないからだ。ざまあ見ろ。できるだけたくさんの人間に、おれと同じ苦しみとつらさを味わわしてやるのだ。当選発表がすんだら、また募集の新聞広告を出す。そして当選番号の一枚もないハガキを書きまくる。いつまでたってもアパートはがらんどうだ。世間の奴らがどんなに嘆こうと、どんなに怒ろうと、どんなに口惜《くや》しがろうと、このアパートはおれのものだ。おれの好きなようにする。入居者は、いつまでたってもひとりもいない。奴らは羨望《せんぼう》の眼で、指をくわえてこのアパートを見あげる。だがこのアパートは永久におれひとりの……。ウヒ、ウヒウヒ、ウヒヒヒヒ……。

「ねえ先生。あそこでウヒウヒ笑いながら、紙切れに数字をかきなぐっている患者がいますね。あれはどういう病気なんですか」

「ああ。あの患者ですか。あの人は公団住宅の入居募集に何度も応募しては落選した結果、欲求不満からとうとうおかしくなり、自分が億万長者で、しかも大きなアパートの持ち主だと思いこんでしまったのです。あの数字は抽選番号で、それには当たり番号がひとつもなく……」

幸福ですか？

「あなたは今、しあわせですか」と、たずねられた。

場所は新宿駅《しんじゆく》構内。あたりはごった返すひと波の渦。

おれは、質問者の顔をつくづくと眺めた。おれにマイクを突き出し、そうたずねた女は、年のころなら二十二、三歳。色の黒い、黒縁の眼鏡をかけた、髪のながい女だ。黒のタートル・ネックのセーターに、足より細いのではないかと思える黒のスラックス——パンティの色も黒にちがいないぞ——おれはそう思った。

幸福だと答えようが、不幸だと答えようが、彼女はすぐまた間髪を入れず、それはなぜですかといって、さらにせっかちにマイクを突き出すことだろう。いくらおれだって、それくらいのことはテレビを見て知っている。

女は、おれが答えるのを当然と思っているらしく、尊大なようすだ。

昔なら、自分の名を名乗りもしないで女が男にこんなことをすれば、無礼者と一喝され、たちまち切り捨てられるところである。ところが最近では、マイクをつきつけられると喜ぶ人間がやたらにふえてしまった。マスコミに自分の意見が発表されるとなると、誰でもぺらぺら喋《しやべ》り出す。そこでこういう威張った、暴力的な女アナウンサーも出現するというわけなのだろう。

「幸福か不幸か。それは非常に大きな問題だ」

おれはそういって、彼女にうなずいた。

彼女はすこし顔をしかめた。おれのスローモーな口のききかたが気に食わないらしい。

おれは、さらにいった。

「それはある程度、考える時間を必要とする問題ですな」

「そうですか。では」

彼女はなげつけるようにそういうと、おれの肩の傍をすり抜け、別の通行人にマイクをつきつけようとした。

「お待ちなさい」

と、おれはいった。

彼女は振りむいた。

「あなたは今、ぼくに質問したんでしょう？　じゃあ、ぼくの返事を聞く義務があるはずですよ」

女性は権利とか義務とかいった、タテマエ道徳的なことばが大好きである。

しかし彼女は、おれがそういうと口もとに軽蔑《けいべつ》するような薄ら笑いを浮かべていった。

「あら、だって、考えるのに時間がかかるんでしょう？」

重大な問題を、よく考えもしないで口にするのも女だ。おれはいってやった。

「ふうん。まるで時間をかけて考えることが、悪いみたいだね。はずかしいことみたいだね」

彼女は眼を冷たくきらっと光らせ、黙っておれから遠ざかろうとした。

おれは、ぐいと、彼女のマイクを持つ腕をつかんだ。

「君はおれに質問した。おれには答える権利がある」

「そこ、はなしてよ」

「いいや。はなさない」

「失礼よ」

「失礼なのは君だ。おれは今、君に質問された問題を考えてるんだぞ。それを聞かないで行ってしまうというのか」

彼女はあきらめて、またおれに向き直った。しかし、なおもせっかちそうに、周囲をきょろきょろ見まわし続けている。

「なぜそんなに、まわりを見るんだ」

と、おれは彼女にいった。

「どこでカメラをまわしていようと、どんなによさそうなつぎのカモが来ようと、それは今の君には関係ないじゃないか。君はとにかく、おれが喋ることを、最後まで聞かなきゃいけないんだからな」

「いいわ」

彼女は大袈裟《おおげさ》に嘆息して見せ、改まった口調でいった。

「あなたは今、幸福ですか」

「今、それを考えてるんだ」

「どうしてそんなに、ながくかかるのよ」

彼女は軽く地だんだを踏んだ。

「どうしてそんなに、せっつくんだ」と、おれはいった。

「そういうぐあいに、せっかちに質問するものだから、答える方も、せっかちに考え、軽薄に答えてしまう。だからその答えは、非常に軽薄なものでしかないわけだ。それをテレビで見た人たちは、ああ、こういう場合は、こういうふうに軽薄に答えたらいいのだなと思ってしまう。つぎに自分が質問された時も、知らずしらず軽薄に答えてしまう。そこで軽薄文化が蔓延《まんえん》する」

「あら。あなたは社会評論家？」

「人間をすぐ分類するのも、マスコミの悪い癖だね」

そんなことは関係ないとばかり、彼女はまた大きく息を吸いこみ、改まったようすでもういちどたずねた。

「あなたは、幸、福、で、す、か？」

「不幸だろうね」

しめたとばかり、彼女はおれの口もとにマイクを突き出していった。

「それはなぜですか」

「君みたいに馬鹿な女に、馬鹿げた質問をされ、道ばたで考えこまなければならないようなこんな事態を、不幸といわずして何といおうか。これは不幸だ、不幸にちがいない。いや、そうにきまっている」

眼を吊《つ》りあげ、彼女は罵《ののし》った。「偏屈！　あんたはひねくれてるわ！　何さ。まだ若いくせに、おじいちゃんみたいなことばかりいって！」

「もちろん、君にとっては軽薄な若い奴の方が御しやすいだろう。だが、おれはそうはいかん」

　おれたちの周囲に、人がたかりはじめた。

彼女は冷笑を浮かべた。どういえばおれがいちばん傷つくかを、思いついたようすだった。

「あなたは旧式なのよ。古くさいのよ。前世紀の遺物だわ」

「だまれ」と、おれは叫んだ。

「何をいうか。冷感症の癖に」

彼女はぎょっとしたように身体を凝固させ、息をのんだ。

「どうだよく知ってるだろ」

おれは勝ちほこって胸をそらせた。出たらめが偶然、的を射てしまったらしい。

「君みたいな女は、だいたいそうなんだ。眼つきと尻《しり》の大きさを見ればわかる」

周囲の人間が、げらげら笑いはじめた。彼女は怒りで口がきけず、眼をまん丸に見ひらいたまま身をふるわせた。その見ひらかれた眼から、やがて大粒の涙がこぼれ落ちた。

「ひ、ひどいわ……」彼女はおいおい泣き出した。

おれはにやりと笑っていった。

「わたしは二十三世紀から来た、テレビ局のアナウンサーだ。タイム・マシンに乗って現代へインタビューに来た。インタビューというものは、こういうぐあいにやるものだ。まず相手をかんかんに怒らせる。その方が刺戟的《しげきてき》な取材ができるからね」

おれは、胸のボタンに仕込んであるテレビのカメラを彼女に近づけた。

「ところで、あなたは今、幸福ですか？」

人形のいる街

原宿表参道《はらじゅくおもてさんどう》には、味はともかく店構えだけは小股《こまた》の切れあがった、かっこうのいい喫茶店や、スナックや、レストランが並んでいる。そしてまたその通りには、中身はともかく表面だけは、かっこうよく流行の服装をした人間ばかりがいつものんびりした足どりでそぞろ歩きをしている。だからこのあたりは、たとえばわたしのように酒には酔えなくても雰囲気には酔えるような人間が住むには、ちょうどいい街なのである。

神宮《じんぐう》通りとの交差点近くに『コロンバン』という新しい喫茶店ができてから、わたしの散歩目標はこの店になった。表参道に面して一枚ガラスのウインドウが並び、なかからは外がまる見え、外からも店内がまる見えだ。この店ができたばかりの頃は、客は中年以上の紳士が多かったのだが、最近は若い連中が、店内のデラックスな調度に似合わず飲みものの値段の安いことを知って、おおぜいやってくるようになった。

ある日わたしは、気に入りの窓ぎわのテーブルをその若い連中に占領されたため、奥のテーブルでひとりコーヒーを飲んでいた。ぼんやりタバコをふかしながら、そろそろ他の喫茶店を探そうかなどと思っていると、となりのテーブルの話し声が耳に入ってきた。

「ねえ。この子と、その子という組みあわせはどうですか？」

「なるほど。おもしろいかもしれないね」

「この軽井沢ルミという女の子は、うちの雑誌の人気投票じゃ、同性にウケがいいんです」

「ふん。ボーイッシュで可愛いからね。歌もドライな曲ばかり歌ってるし」

「そうです。それからそっちのマック高井も、女の子の評判がいい。ふたりがデートしたということになれば、その噂でもちきりになりますよ、女の子の間で」

「そうだね。うちのプロでも、このふたりはコンビで売り出そうかと思っているところだったし……。じゃあ、ひとつやってみようか」

小肥《こぶと》りで眼鏡をかけた男が芸能プロダクションの社員、背の高い痩《や》せた男が芸能週刊誌の記者らしい。ふたりはテーブルに広げたタレントたちの写真を眺めながら、小声で話し続けた。

「このマック高井というのは、おれが育ててやったみたいなもんだ。『夜の三時のデート』を歌ってから売り出したけど、素直な子でね。ぜんぜん威張らないし、今でもおれにはペコペコしてる」

「じゃあ、ふたりの身体のあいた時間に、どこかでデートさせましょう」

「そうだな」

小肥りの男が予定表らしい手帳を出して首をかしげた。

「うん。ちょうど明日、ふたり同時に、昼の三時から四時まであいている。場所はどこがいいかな」

「昼間だから、ここが、いいでしょう。表参道を散歩しているところを撮影してもいいし」

「うん。おもしろいね。そうしよう」

小肥りの男は手帳をポケットへ入れた。

「ところで君。今夜またかもめへ行かないか」

「いやあ」

痩せた男が照れくさそうに笑った。

「この前はすっかりあなたにおんぶしちゃったし、つぎはわたしが奢《おご》らなきゃいけないんだけど、あいにく今日は軍資金が……」

「気にするなよ。そんなこと」

小肥りの男が苦笑した。

「おれにまかせてくれ。なあに、マック高井の接待費で落とせばいいんだ。奴の給料から引く」

「じゃ、出ましょうか」

「うん」

小肥りの男が財布を出した。

「あ、わたしが」

「いいんだ。マック高井の交際費で……」

つぎの日も、わたしは午後三時ちょっと前に、コロンバンに出かけた。昨日の連中はまだ来ていなかった。めずらしく窓ぎわのテーブルがあいていたので腰をおろし、コーヒーを飲みながら、わたしはぼんやりと通行人を眺めた。

歩道をあるいているのも若い連中が多い。派手な服装をした連中だ。メンズ・マガジンや女性週刊誌のカラーグラビアから抜け出してきたような、かっこうのいい連中だ。女の子も、みんなスタイルがいい。だが、近くへ寄ってよく顔を見ると、どれもこれも同じ顔をしているのにおどろく。男は色が白く、鼻梁《びりょう》が細く尖《とが》っていて、額にはかならず静脈が浮き出ている。女の子は色が黒く、眼がまん丸で、目は奥へひっこんでいて小さく、しかもまん丸だ。この街にやってくる若い連中はみんな、タレントとか、歌手とか、モデル志望者なのだと聞いたことがある。そういえば、彼らの一挙一動はすべて、いつカメラに納められてもいいようなポーズの連続でなり立っている。歩くかっこう、何かを指さすかっこう、佇《たたず》むかっこう、どのポーズもすべてツボにはまっていて、実にサマになっている。普通の人間なら、あんな動きかたは絶対にできないだろう。うそだと思ったら試しにやってみたらいい。足をもつれさせてたちまちひっくり返るから。

　昨日の連中が、カメラマンと、例のタレントふたりをつれてやってきた。一同はまた、わたしの横のテーブルについた。

　ボーイ・タレントもガール・タレントもこのあたりにいる若い連中と同じような顔つきや服装をしていて、とりたてて変わったところはない。向きあってお茶を飲むそのふたりを、カメラマンがいろいろな角度から撮影しはじめた。

「ねえ。ルミちゃんはマックをどう思う？」

　と、芸能記者がたずねた。

「そうですね」

ガール・タレントはあまり興味なさそうな眼でちらとボーイ・タレントを眺め、それから小肥りの男に、もの問いたげな視線を投げかけた。

「すごく純情だと思っていたんじゃないのかな」

　と、小肥りの男が助け舟を出した。

「清潔なムードがあって……」

「ええ、そう。そうですわ」

「このあいだ、男性歌手の女性化について、週刊誌に社会学者が何か書いていたけど、あなたどう思う？」

記者がボーイ・タレントに、いじわるな質問をした。

「さあ……」

彼は長い睫毛《まつげ》を伏せ、よく光っている自分の細い靴さきを眺めながら、気弱げに答えた。

「よく、わかりません」

「でも、何かひとこと」

彼は蚊のなくような声でいった。

「ぼく、そういったこと、ヨワいんです」

店内にいる若い連中は、タレントたちを見ても知らぬ顔をしていた。地方の連中ならわっと周囲をとり巻くところだろうが、このへんの若い連中は有名なタレントに会ってもぷいと顔をそむける。ライバル意識が旺盛《おうせい》なのだろう。サインを求めたりしては原宿族の沽券《こけん》にかかわると思っているのかもしれない。

「店内の撮影は、このくらいにしましょう」と、カメラマンがいった。

「つぎは表参道を散歩しているところを……」

「よし。ここを出よう」

小肥りの男が財布を出しながらいった。

「マック。ここの勘定は君の奢りにしておくからね」

「はあ、そうしてください」

「このあいだの背広の分も、給料から引いといたよ」

「はあ。すみません」

「もう、六か月ほどあとの給料分にくいこんでるよ。わかってるだろうね」

「はあ。すみません」

一同は店を出て、表参道を代々木《よよぎ》競技場の方へ去っていった。

そのつぎの週の週刊芸能にはふたりの記事が大きく載っていた。もちろん、そんなものを買って読んだわけではない。書店で立ち読みしたのだ。

速報　マックとルミちゃんの清潔なデート
《マックって、とても純情なのよ》

その記事が、ふたりのファンである若い女の子たちに、どんな反響を呼び起こしたか、わたしは知らない。ただ、その記事がきっかけで、ふたりの交際のことがしばしばテレビや週刊誌にとりあげられていたようだ。

それから三か月ほどののち、わたしはふたたびコロンバンで、あの芸能プロの社員と〝週刊芸能〟の記者を見かけた。

ふたりはあいかわらずひそひそ声で、こんなことを話していた。

「マックの人気が落ちてきたんでね。ルミと別れたって記事を書いてくれないか。せっかくルミが売れかけてるんだ。マックとのコンビをそろそろやめさせないと、ぐあいが悪いよ」

「なるほど。ではふたりの恋を、悲劇的に終わらせたらどうです？　そしたらルミに同情が集まって、ますます人気が出ますよ」

「うん。そうしてくれ。ルミを売り出したいんだ。マックの人気はもう落ちめだ。しかたがない」

「そうだ。交通事故というのはどうです？　恋人マックの無惨な死に泣く、悲劇のヒロイン軽井沢ルミ……」

００７入社す

ジェームス・ボンドが入社してきて、おれの課に配属された時はおどろいた。

最初、課長につれられて彼が営業部へやってきたとき、社員はみなびっくりした。おれも口をぽかんとあけ、課長といっしょにこっちへやってくる彼の顔をまじまじと眺めた。もしもこの男が、あのジェームス・ボンド役者のショーン・コネリーその人でないとしたら――と、おれは思った――世のなかには、よく似た人間もいるものである。

課長は彼を、おれに紹介した。

「通訳として、第二営業課で働いてもらうことになった。名前はジェームス……」

「ボンド」

と、誰かがいった。

爆笑が起こった。

「舟村。ジェームス・舟村君だ」

課長もにやにや笑っていた。

彼は二世だった。ジェームス・舟村も、自分が他人にあたえる効果をよく承知しているらしく、やはり照れ臭さそうににやにや笑いながら、おれに握手を求めてきた。

「どうぞ、よろしく」

握力も強く、肩幅もがっしりと広い。背も高く、本物のショーン・コネリーにひけをとる部分はどこにもないようだ。服にしても、英国製の生地で、仕立ても高級である。ちがうところといえば、のべつ照れ笑いを浮かべていることぐらいだが、ショーン・コネリーにしたって、実生活でのべつあんなこわい顔をしているわけではなかろう。

えらい奴が入社してきたぞというので、たちまち会社中彼の噂で持ちきりになった。他の課の女子社員がやってきて、ドア越しに彼をのぞき見、彼が振り返るとキャーと大さわぎである。

愉快だったのは、その日、社長がはじめて廊下でジェームスと会った時である。社長は新入社員だと思わなかったらしい。さっそく総務部へ駆けつけ、会社の廊下をイギリスのスパイがうろうろしているようでは困るじゃないかといって、総務部長を怒鳴りつけた。

ジェームス・ボンド役者に似ているというだけで、なんとなく頼もしい感じをあたえるから不思議だ。悪い女につかまって、そのヒモからいびり続けられていたある社員は、さっそく助けてくれとジェームスに頼みに行ってことわられたそうだ。どうやらボンドほど強くはないらしいという評判がぱっと立った。

　数日ののち、おれはある商社へ、ジェームスをつれて出かけた。通訳ぶりはまあまあだが、得意先の人たちが彼をおもしろがってしまい、たいした商談でもないのに重役まで出てくる始末だ。タレント扱いなのである。そしてかんじんの商談の方はすこしも進展しなかった。

「あれでは困ります」

　と、おれは課長にそう報告した。

　課長も頭をかかえていた。どうやら、他の得意先でも同じようなことがあったらしい。

　女子社員の数人が彼にモーションをかけた。そのなかのひとりが、ついに彼をものにしたらしい。だが噂では、彼の性的能力はたいしたものではなかったらしい。百点満点として四十五点だったというのだから、どんなぐあいだったかだいたい想像はつく。

　商談成立のじゃまになり、社の風紀を乱すというので、社の上層部では彼を解雇しようという話も出はじめたらしい。

　そんなある日、ジェームスと席を並べていた東という社員が辞表を出して会社をやめてしまった。さらに数日後、東が他社から潜入していた産業スパイだったということが判明した。

なるほど、ボンドが隣にいては、スパイの仕事も手につかなかったにちがいない。

ジェームス・舟村は解雇にはならず、配置変えになった。産業スパイ防止のため、彼を社にとどめておくことにしたそうだ。彼の職名はもちろん、「機密防諜《きみつぼうちょう》係長」である。

踊る星

小型反重力宇宙艇が、その未知の惑星に近づいた時、艇長がパイロットにいった。

「着陸してみよう」

この艇には、ふたりだけしか乗っていなかった。人類最初の、銀河系外探査艇だったのである。

宇宙艇はその惑星の草原に着陸した。太陽からも近く、植物も育っているから大気もあり、おそらく知的生命体もいるはずだった。

そのとおりだった。ふたりが宇宙服に身をかためて惑星の地表に降り立ったとき、どこからともなく笛や鐘、太鼓の音が聞こえてきたのである。

「原住民が祭礼をやっているらしい」

と、艇長がパイロットにいった。

「行ってみよう」

ふたりは、音のする方へ歩き出した。

小高い丘に登り、その下を見おろすと、原住民らしい、サルに似た数千匹の生物が、群れをなして踊りくるっているのが見えた。

「あそこへ行って、彼らとコンタクトしてみましょう」

と、パイロットがいった。

ふたりは丘をおり、彼らのなかへ入っていった。彼らと調子をあわせ、ふたりは宇宙服のままで窮屈そうに踊りながら、自動通訳機を出して、彼らのひとりに話しかけた。

「失礼します。わたしたちは地球という星からたった今到着したのですが……」

「ようこそ」

と、その生物は踊りながらいった。

「今日は何かのお祭りですか？」

「いいえ。わたしたちは、生まれて以来ずっと、こうして踊り続けているのです」

「そいつはおどろきですな。食事や睡眠はどうなさいます」

「わたしたちは眠りません。食事は踊りながらやります」

「では、踊りをやめる時はないのですか？」

「ありません。わたしたちが踊りをやめるときは、消える時なのです」

「消える？」

「そうです。あんなぐあいに」

その生物が指さしたところでは、ちょうど、ひとりの年寄りらしい原住民が大地にばったりと倒れたところだった。彼の、灰色の肉体は、たちまち赤茶色――この星の地表の土と同じ色になり、それはまるで、大地に吸い込まれ、消えて行くかのように見えた。

「おもしろい星だな」

と、艇長がいった。

「観光地としては、最高ですな」

パイロットも答えた。

「すぐ地球へ、報告にもどりましょう」

ふたたび宇宙艇にもどったふたりが、艇を発進させ、暗黒の宇宙空間をすっとばし、地球へもどってくると、たちまち引っぱり凧《だこ》の大歓迎を受けた。

なにしろ、人類最初の、外宇宙へとび出した英雄である。しばらくの間ふたりは立体カラー・テレビに週刊3Dフォト・リーダースに、カプセル・ニュースにと、すべてのマスコミ関係にもてはやされ、睡眠時間も、食事する暇もないほどの多忙さだった。

そのうちにパイロットの方は、お喋《しゃべ》りがうまいというので、科学関係の解説をテレビでやらされたりしているうちに、マスコミ大衆から人気を得てしまって、専門の司会業、解説業の肩書きを持つことになってしまった。彼はパイロット業をやめ、以前に倍する多忙さのなかにのめりこんでいき、マスコミ界で大きく名をあげた。

一方、艇長の方は、書きおろした探検記がベスト・セラーになり、原稿の依頼が多くなってきたので、艇長を辞職し、筆一本で立っていくことになった。依頼原稿の中には、前の職とはぜんぜん関係のないものもあった。そのうち彼はSFにまで手をつけ、その評判がまたよかったので、ついにはSF作家の肩書きをマスコミから冠せられるにいたった。出版マスコミの渦まくなかに、彼もまた全身をどっぷりと浸してしまっていた。

そして、二十年経った。

以前の艇長と以前のパイロットは、ある日、某テレビ局のロビーの片隅で、ばったりと出会った。

なつかしさに、ふたりは多忙を忘れ、昔の思い出話に花を咲かせた。

「宇宙艇に乗っていれば、よかったなあ」

と艇長が、しみじみとそういった。

「あなたも、そう思いますか」

パイロットがいった。

「わたしも、このあわただしいマスコミの世界がいやになりました。と、いって、もう年をとっているから、いまさらパイロットはやれません。どこかの田舎で、静かに暮らしたいものです」

「地球にはもう、静かな田舎なんてものはないんだよ、君」

と艇長がいった。

「今は、マスコミの世のなかだ。世界の人間すべてが、何らかの形でマスコミに参加しているんだ。みんな、踊っているんだよ。マスコミに踊らされているんだ。われわれの見た、あの星の原住民と同じさ」

「まったくですな」

パイロットはうなずいた。

「わたしたちが踊りをやめた時、それは消えていく時なのでしょう」

地下鉄の笑い

ラッシュアワーの地下鉄は暑かった。温度だけではなく、湿度もうなぎのぼりに上昇し続けていた。誰もが汗をかき、あえいでいた。車内吊《つ》りポスターは、皮肉にもクーラーの広告だった。涼しげな色調のそのポスターは、熱と湿気にうだる乗客たちを嘲笑《ちょうしょう》するかのように冷然と見くだしていた。

その隣に下がっているポスターは化粧品の広告だった。白地の上に赤でレタリングされた化粧品の名と会社名だけが文字で、あとは濃紺《のうこん》の円や四角形や線を組みあわせただけの抽象画だった。とても宣伝効果のあがりそうなポスターではなかった。

だが、ぎっしりと通路に立たされた乗客たちは他に見るものとてなく、しかたなしにこのポスターを見あげていた。

乗客のひとりが、急にくすくす笑いはじめた。何ごとかと、周囲の乗客は彼を見つめた。

その男は、抽象模様のポスターを眺めながら、いつまでもくすくす笑っていた。やがて、ついにはげらげらと大きな口を開いて笑いはじめた。

乗客たちには、この男がなぜ笑っているかわからなかった。あまりの暑さで気が変になったのかもしれない。また、彼の見つめている車内吊りポスターの絵柄のなかに、人にはわからぬ、とてつもないユーモアを発見し、笑い出さずにはいられなくなったのかもしれなかった。

彼がいつまでも笑い続けるので、隣にいた男が好奇心を押さえきれず、そっとたずねた。

「もしもしあなた。何がそんなにおもしろいんですか」

男はあいかわらず笑い続けながら、顎《あご》でポスターを指した。いや、たずねた男には、指したように見えただけかもしれなかったのだが、とにかくその男は、まだ笑いを止めようとはしなかった。

「あのポスターがおもしろいのですか」

そうきかれて、男はさらに笑い続けながらうなずいた。いや、うなずいたように見えただけで、実際はうなずかなかったのかもしれなかった。何しろ彼は、今や身をよじって笑い続けていたから。

「あんなポスターの、どこがそんなにおもしろいのかな」

たずねた男が小首をかしげてそうつぶやくと、彼はさらに笑った。しまいにはつりこまれて、周囲の乗客までが笑い出した。

おもしろいポスターだと思って見ると、たしかになかなかおもしろいポスターだった。いや、見た者は誰でも笑い出さずにはいられない、愉快なポスターだった。

ついには、乗客のほとんどが、げらげら笑っていた。

その日その朝その時刻、その地下鉄のその車輛《しゃりょう》に乗って出勤した乗客たちのほとんどは、職場でこのことを話題にした。

おもしろいポスターだった。愉快なポスターだった。いいポスターだった。誰もがそれを見て笑ったよ。だけど、笑わない奴もいたよ。そいつには、ユーモアのセンスがなかったんだよ、きっと。

このニュースは、しだいに形を変えて伝播《でんぱ》されて行った。

あのポスターは、頭のいい人と悪い人の区別が、はっきりわかるポスターなのよ。

ニュースは、さらに変形した。

頭のいい人間にだけわかるポスターだった。

この話を、新聞社の、コラムを担当しているひとりの記者が耳にした。彼はすぐ地下鉄に乗り、昼間なので比較的空《す》いている車内で、そのポスターを発見した。

彼はしばらく、そのポスターをじろじろ眺めてから、やがてくすくす笑った。さっそく彼は、そのポスターを作った広告代理店をさがしあて、同じものを一枚もらって、すぐさま有名な社会心理学者を大学に訪問した。

心理学者は、記者の説明を聞きながら、しばらくはポスターの図柄を、まじめくさった、そして多少不機嫌に見える表情で眺め続けていた。

やがて彼は、にやりと笑い、くすくす笑いはじめ、ついにはげらげらと笑った。

「このポスターは傑作です。高度なナンセンスのユーモアを持つ、すばらしいポスターです。ユーモアのなかでも、社会諷刺《ふうし》とか、ドタバタとか、いろいろなユーモアがありますが、ナンセンスのユーモアは、そのなかでももっとも高級な笑いなのです。なぜかというと、ナンセンスのユーモアというのは、どこがおもしろいのかとたずねられても、こうこうこういうところがおもしろいのだというぐあいに説明することは、ぜったいできないからです」

「なるほど。では先生、そのナンセンスのユーモアが理解できない人も、世のなかにはいるでしょうね」

「もちろんです。笑いというものは、人間の感情のなかでも、もっとも高度な感情だからです。犬や猫や馬は、怒ったり悲しんだりしますが、笑うことはできません。そう考えてみますと、ユーモアのセンスがない人ほど、けものに近いわけですから、知能程度の低い人間ということになるでしょうね」

「なかでもこのポスターなどは、高級なナンセンスだから、これがわかる人は、よほど頭がいいということになるでしょうね」

「さよう。このポスターのユーモアがわかる人は、まずＩＱ（知能指数）140以上の人でしょうな」

その日の夕刊にはさっそく『ＩＱ140以上の人にだけわかるポスター』という見出しで、問題のポスターの写真と記事が掲載された。

翌朝、混雑時の地下鉄には、あいかわらずそのポスターがぶらさがっていた。

昨日の夕刊を読んだ乗客たちは、みんなにやにや笑いながら、ポスターの抽象模様を見あげていた。しかし、なかには笑っていない乗客もいた。ポスターを眺め、しきりに首をかしげている乗客もいた。だが大半は、むりやりにやにや笑いをしようと努めている乗客ばかりだった。

ひとりの男が、ついに声をあげて笑い出した。その男は、げらげら笑い続けた。最初はうつろに響いたその声は、やがて二、三人の同調者ができはじめると、うつろでなくなってきた。

今、停ったばかりの駅から乗ってきた男が、げらげら笑い続けているひとりの乗客に、不審げにたずねた。

「あのポスターの、どこがそんなにおもしろいのですか」

乗客は笑いをやめ、軽蔑《けいべつ》したように男を眺めていった。

「あんたは、昨日の夕刊を読まなかったの」

「読みませんでした。どうかしましたか」

「あのポスターはＩＱ140以上の人間にしかわからない、ユーモアのあるポスターだ」

男はしばらく眼を丸くして、ポスターを眺め続けていた。やがて、ふたたびげらげら笑い出したその乗客に、おずおずといった。

「あのう、わたしはあのポスターを描いたデザイナーなんですが……」

ながい話

八十三歳のおたね婆さんは、熱心な宇宙教の信者だった。茶の間の隅の神棚には、お灯明が絶やされたことがなかった。

おたね自身が信心しているだけならいいのだが、彼女は会う人ごとに神様のありがたさをしつこく説いた。信心して以来、彼女の身に賜わったご利益を話し、相手を信仰にひきいれようとした。彼女はだれかれかまわず説いた。ひとり息子の和夫、その嫁の正子はもちろん、和夫が自宅に招いた会社の同僚や上役、近所のおかみさんや子ども、ご用聞きに出前持ち、家賃を取りにきた大家、保険の勧誘員、電車で隣の席に坐《すわ》った人、つまり彼女に近づいたすべての人が、お説教をながながと聞かされなければならなかった。

おたね婆さんは雄弁だった。喋《しゃべ》りだすと止まらなかった。相手が急いでいようが、迷惑そうな顔をしようが、日が暮れようが、いっこうにかまわなかった。皆がおたねの家を敬遠しはじめると、自分から近所の家を訪問して説いてまわった。当惑した相手が、わざと冗談をいって話の腰を折ると、おたねは眼を吊《つ》りあげた。

「神様を馬鹿にすると、たちどころに罰がくだりますぞ！」

適当にあいづちを打っていると、彼女の話は際限なく続いた。うまくあしらって逃げようとしても、あとを追ってきて話し続けた。道で出会った人の行き先まで、いっしょについていきたことや、電車で隣に坐った乗客の降りる駅へついて降りたこともあった。

彼女は何ごとも、すべてお告げどおりに行動した。和夫が正子と結婚する時、おたねは反対した。神様のお告げがなかったからである。だが和夫は正子と結婚した。それ以後、何か悪いことがあるとおたねはそれを正子のせいにした。当然、嫁との仲はよくなかった。おたねはだから、説教して歩く時に嫁の悪口をつけ加えるのも忘れなかった。

ある日、もうすこしで火事になるところだった。あいかわらずおたねが玄関さきで来客に説教している時、つけっぱなしのアイロンが和夫のワイシャツに穴をあけ、畳を焼いたのである。おたね自身のあやまちだったが、彼女はそれを、その時買物に出かけていた正子のせいにした。正子がアイロンをつけっぱなしして買物に出かけたからいけないといってなじった。そして和夫に、お前が不信心でこんな嫁をもらったから、こんな不幸が起きたのだ、わたしが信心していなかったらこの家はきっと丸焼けになっていたろうといって責めた。正子は泣き出した。和夫は怒って、何が神様だとわめきちらしながら神棚をぶちこわした。おたねは、裸足《はだし》のまま外へ駆け出すと、そのまま近所の家を順に訪れて、嫁と息子のひどい仕打ちを涙ながらに喋りまくった。嫁が息子の心を悪魔にしたといってわめいた。

それ以後、おたねはますます雄弁になった。神様のことと嫁のことで、人に話さなければならないことが山ほどあった。みんなはおたねを見るとあわてて逃げ出すようになった。

おたねがふたたび神棚を作った。ある日正子が掃除している時、うっかりしてご神体を棚から落とした。

おたねはまっ青になった。口から泡をとばして嫁にくってかかった。彼女の頰を平手で打った。

それを見て和夫はおたねを殴った。おたねは台所から刺身包丁をとってきて、正子の胸につき刺した。

正子はその場で絶命した。

しょんぼり証言台に立ったおたね婆さんに、検事がたずねた。

「ではつぎにあなたから、いきさつを話してくれませんか？」

自分の話す番がやってきたことを知り、そしてこの場では、自分がどれだけながく話してもいいのだと知り、おたねの顔は急にぱっと輝いた。眼がぎらぎらと輝き、彼女は身をのり出しておじぎをした。

「へえへえ！　まあ、あなた様、ようたずねてくださいました。話せばながいことながら……」

「ようし。勝負だ」

と、黒川がどんぐり眼をあげていった。

「スリー・カード」

鹿島が気負ったようすでトランプの札をテーブルに並べた。クイーンのスリー・カードだった。

「こちらも、スリー・カードだ」

黒川はにやりと笑って、自分のカードをテーブルに並べた。

「キングのね」

「また負けたか……」

鹿島はうなだれた。

「これで百二十万円……。どうだね。まだ、やるかね？」

黒川は小気味よげに鹿島を眺めた。色黒の顔が笑いに醜く歪《ゆが》んだ。

「やろう！」

鹿島は、とびつくようにいった。

「すこしでも取りもどさなくちゃ、おれは破産だ」

――貯金五十万、家が六十万、家財道具がひっくるめて十万……。ここでこのポーカーをやめたら、おれは一文なしになってしまう……。鹿島の目は、血走っていた。

――ぜんぶまきあげてやったぞ……。黒川はほくそ笑んだ。黒川は、この鹿島という二枚目が気にくわなかった。

同じ学校を出て、同じ会社に入ったのだが、スマートで如才がなく、頭もいい鹿島は、出世も早く、二十五歳ではや係長――それにひきかえ黒川は、陰気で、醜男《ぶおとこ》で、上役にも嫌われ、会社でいちばん頭の悪い男として社員たちからは軽蔑《けいべつ》されていた。

――あの野郎を、いちどでいいから、ぎゅうという目に会わせてやりたい……。黒川は以前から、そう思っていた。

――その機会が、やっと来た……彼は舌なめずりをした。鹿島が、ギャンブルに目がないことがわかり、ポーカーにさそったのである。うまいぐあいに黒川は、ポーカーというゲームに関してだけは、天才的な才能を持っていた。ふたりは黒川のアパートで勝負した。

その晩の黒川は、とくにツいていた。

鹿島は負け続けた。

最初は数百円の賭《か》けだったのが、勝負が荒れてくると、数千円、数万円につりあがった。そして鹿島は、ついに賭け金を十万単位につりあげたのである。

だが、さらに黒川は勝ち続けた。

鹿島がいら立ちのようすをあからさまにしはじめると、黒川は彼を苦しめていると いう自覚にすばらしい快感を覚えた。

「もう、やめた方がいいんじゃないか？」

黒川はにやにや笑いながら、勝負の途中で何度も鹿島に警告した。

「いや。やろう！」

鹿島はそのたびに、黒川を睨《にら》みつけ、叫ぶようにそういった。今日まで馬鹿にしきっていた黒川から手ひどくやられ、彼は少々逆上気味だった。だいいち、やめてしまっては負けた金が取り返せなくなるのだ。この男に負債を大目に見てくれといって、手をついて頼むのはいやだった。社内でのエリートとしての彼のプライドが許さなかった。――こんな男に、こんな目にあわされて、とてもこのままじゃ、引きさがれない！

彼は歯がみをした。

――いくら何でも、こんなにたて続けに負けるはずはない……。つぎは勝つはずだ……かならず勝つはずだ！

「しかしねえ、鹿島君……」

と、黒川はいった。

「君は、賭けるものが、もう、なんにもないんじゃないか？」

鹿島は唇を嚙《か》んだ。そのとおりだった。

「借用書を書く」

と、鹿島はいった。

「それならどうだ？」

「借用書かあ」

黒川は顔をしかめた。

「そりゃあもちろん、今までおれの勝った分の借用書は、書いてもらわなきゃなるまいね。しかしこれ以上勝負を続けるにしたって、君には担保になるものが、何もないだろう？」

黒川は顔をあげ、窓の外を見た。

「もう夜の十二時を過ぎた。明日は会社があるんだぞ。もう、よそうよ。おれだって早く寝たいし、君だって早く帰らないと終電車が」

「勝ったままで、やめる気か」

鹿島が目を吊《つ》りあげ、黒川に迫った。

「おれをこんなに負かしたままで、追い返す気か？」

黒川は、気弱げに首をすくめた。

――ふん。育ちのいいお坊ちゃんめ。

彼は心中で、舌打ちした。――わがままな奴だ。ようし、その気なら、世のなかは自分の思いどおりには行かないんだということを、思い知らせてやるぞ！

「じゃあ、担保には、何を出す？」

黒川はさらに、そうたずねた。

しばらく考えたのち、鹿島は顔をあげた。

「リリーを君にやろう」

「リリーだって？」

黒川はびっくりして、鹿島の顔をつくづくと眺めた。

リリーというあだ名で呼ばれている中山百合は、黒川たちの会社では、いちばんの美人で、おまけに社長秘書である。東京一の女子大を卒業し、秘書見習いを経て社長秘書になったのだが、高貴な美貌《びぼう》の持ち主で、年齢は二十四歳。

あまりにも美し過ぎる上に家柄がよく、たいていの男子社員にとっては高嶺《たかね》の花だったし、まして黒川など、声さえかけることもためらわれるほどの、雲の上の存在だった。

ところがその中山百合を、鹿島が、あっさりと、ものにしてしまったのである。

最近の百合――リリーは、鹿島との仲を公然のものと噂されても平気なくらい、彼にのぼせあがってしまっているようだった。婚約だって、もう、しているはずだった。

「あの、リリーを、くれるって？」

黒川は、おずおずとたずね返した。

「そうだ。君の思いどおりにしてもいい。どうだ、彼女を抱きたくはないか」

「そりゃ……」

と、いいかけて、黒川は口ごもった。

「しかし……女じゃなあ」

「なんだ。女じゃいけないのか？」

「いや。いけなくないさ。しかし、彼女が……あの彼女が、なっとくするかねえ」

「するさ」

鹿島は、きっぱりといった。

「おれが、させて見せる」

黒川は、なおもためらった。

「あのリリーは」

と、鹿島がいった。

「おれに首ったけだ。おれのいうことなら、なんでもきく」

「ほんとうかなあ……」

黒川は苦笑した。

「おれのいうことを疑うのか」

鹿島は喧嘩腰《けんかごし》である。

「じゃあ、こうしよう。今まで君が負けた分を借用書にしてくれ。今すぐ書いてくれ。それは、おれが預かっておく。もしほんとに、リリーがおれのところへやってきたら、その時は、その借用書は君に返し、今までの勝負はご破算にしてやる」

「よかろう」

鹿島はすぐに借用書を書いた。返済期日は一週間後——黒川のところへリリーのやってくるのが七日をたとえ一時間過ぎても、鹿島の全財産は黒川のものになってしまうのである。

「では、勝負だ」

前回勝った黒川がトランプの札をシャッフルしてテーブルの中央に置く。

鹿島が、指さきをふるわせながら、それを一度切る。

黒川が、札を五枚ずつ配る。

鹿島は自分の手札を見た。

彼は、顔をしかめた。——また、クイーンだ！

鹿島はさっきから、このクイーンのために、ひどい目にばかりあっていた。前回の勝負では、クイーンが三枚もあったため、大きく勝負に出たのだが、結果は黒川の三枚のキングに破れてしまったのである。

今度の手札のなかには、ハートのクイーンと、ダイヤのクイーンの二枚があった。あとの三枚は数も種類もバラバラだ。

――しかたがないな――。鹿島は心中、大きく嘆息した。――この二枚を残すより他、ないだろう。

だが――鹿島は、気をとり直した。さっきは、スペードのクイーンがきた。その前回も、手札のなかにスペードのクイーンがあった。その前もそうだ。と、すると、今回もくるのではないか。今日のおれは、スペードのクイーンにとりつかれている。きっとくるにちがいない！

「何枚替えるね？」

と、黒川がたずねた。

「三枚だ」

鹿島はもうためらわず、二枚のクイーンを残し、あとの三枚を替えた。

新しい三枚を、鹿島はおそるおそる眺めた。心臓が高鳴り、息苦しかった。頬からは、自然に汗がにじみ出る。じっと自分の表情を観察している黒川の視線には気がついているのだが、いつの間にか心の動揺が表情にあらわれてしまうのを、どうすることもできなかった。

新しくきた札は、クラブのクイーン、ハートの6、それにスペードのエースだった。スペードのクイーンはついに来なかったのである。

「くそっ！　かんじんの時に……」

思わずそう口走り、あとのことばを、鹿島はあわてて呑《の》み込んだ。

黒川は、にやりと笑った。

——ふん。焦っていやがる……。

——だが、これでもいい——と、鹿島は思った。スペードのエースというのは、オールマイティということになっていた。だから、フォア・カードになるのである。ただし、フォア・カードとしては最下位の、2のフォア・カードよりは下位になってしまう。しかしフォア・カードに変わりはないわけだ。

黒川は、自分の手札を悠然と眺め、五枚全部を総替えした。これは、揃ったカードがひと組もなかったことを意味する。

しめたぞ——鹿島は舌なめずりをした。総替えして、いい手ができるはずがない。せいぜいワン・ペア、よくてツー・ペアかスリー・カードである。こっちはフォア・カード。もう勝ったも同然だ！

鹿島の頬が、自然にゆるんだ。

「おや？　笑ったね」

黒川が、ひやかすような調子でそういった。

「よほど、いい手ができたらしいな」

鹿島はむっとした――今にみろ！

「さあ、勝負だ！」

彼は勢いこんで、そう叫んだ。

ふつうのポーカーなら、ここで賭《か》け金を積み、どちらもおりなければ、それをしだいに吊《つ》りあげていくのだが、賭けるものは最初からきまっているのだから、すぐ勝負してもいいわけだ。

「よし。勝負と行こう。君は何だ」

と、黒川がいった。

手札を見せるのは、子が先、親があとである。

「フォア・カードだ！」

鹿島は得意満面で手札をテーブルの上にさらけ出した。

黒川はテーブルに身をのり出し、鹿島の手札をのぞきこんだ。

「ほほう。すごいねえ。フォア・カードか。ふんふん。スペードのエース入りのフォア・カードだね。とすると、フォア・カードのなかでも、いちばん弱い奴ということか。しかしまあ、フォア・カードには違いないわけだねえ。ふん。なるほどなるほど……」

「やめろ」

鹿島は苛立《いらだ》ち、あせりを隠そうともせず怒鳴った。

「君の手札は何だ。は、早く見せろ」

「フォア・カードだ。真正フォア・カードだ」

黒川は小気味よげに、唱《うた》うようにそう答え手札をテーブルに並べて見せた。

「しかも、キングのね」

「あっ」

鹿島は目を見ひらいた。口をぽかんと開き、やがて、かぶりを振った。

「信じられん」

「こっちだって、信じられないさ」

黒川は笑いながらいった。

「総替えをやったのに、こんないい手がくるなんて……」

鹿島は、がっくり肩を落とした。うなだれた。

「……負けた……」

黒川は、内心喜びにわくわくしていた。そして、待ち構えていた。鹿島が、黒川の前に這《は》いつくばって、何もかも忘れてくれと頼むのを――。リリーのことをかんべんしてくれといって泣きつくのを――。

だが、予想に反し、鹿島は醜態を見せなかった。あっさりと、何もかもあきらめたようすで彼は立ちあがった。

「では、約束は守る」

鹿島はきっぱりとそういい、あとは無言で、黒川の部屋を出ていった。

黒川は拍子抜けがして、しばらくぼんやりと考えこんでいた。

――奴……。本気らしいな……。

まさかと思っていたのだが、それから三日めの夜、黒川のアパートへ、中山百合がやってきた。

「来たのか……」

黒川はおどろいて、ドアの前に立っているリリーの清楚《せいそ》な容姿を眺めながら目を見はった。

「ほんとうに来たのか」

「そうよ」

リリーは冷たくいった。

「鹿島さんと、そういう約束だったんでしょ？」

「しかし、君」

黒川はあきれながら、彼女にいった。

「君、そんなことを、よく承知したな……」

「そんなこと、どうだっていいでしょ」

と、彼女はまたたきもしない目で黒川を見つめ、感情のこもらぬ声で答えた。

「あなたはわたしを、自由にしていいのよ」

黒川は、どぎまぎした。自分が自由にするにしては、彼女はあまりにも美しすぎた。だいいち、醜男《ぶおとこ》の彼としては当然のことながら、彼は童貞だった。

黒川は足を小きざみにふるわせた。からからになったノドから、やっとのことで、かすれた声を出した。

「まあ、こっちへ入れよ」

そんな彼を、ひややかにじろりと見て、リリーは黒川の部屋に入った。

そしてその夜、彼女は黒川の部屋に泊った。

黒川はリリーを抱こうとした。

リリーは四肢の力を抜き、黒川の思うままに、自分のからだを自由にさせようと思っているようだった。

だが黒川には、何もできなかった。

彼女の冷たい美しさ――あまりにも気品のあるその美しさのため、自分が萎縮《いしゅく》しているのだと知り、そのために、いっそうあせり、いらだち――そして結果はみじめなものだった。

黒川は、鹿島の、軽蔑《けいべつ》したような笑い声が聞こえてくるような気がし、口惜《くや》しさと恥ずかしさで、頭にかっと血が逆流した。

黒川は目を閉じ、かぶりを振った。だが、笑い声はまだ聞こえた。

「フフ……フ、フフ、フフフフ……」黒川はぎょっとして目をあけた。

笑っているのはリリーだった。横たわったまま、おかしさを耐えきれないかのように、豊かな乳房をふるわせて笑い続けているのだ。

「笑うな」押し殺した声で、黒川は低くリリーにそういった。

「笑うのをやめろ」だが、リリーは笑い続けた。

自分が虫けらのような気がした。黒川は首をすくめ、身もだえながらリリーに頼んだ。

「たのむ。笑うのをやめてくれ」

リリーは黒川に向きなおった。嘲笑《ちょうしょう》するような目で黒川を見つめ、ゆっくりと、彼の心を引き裂くようにつぶやいた。

「あなたは、男じゃないわ。ぜんぜん駄目ね。鹿島とくらべて、何んて違いでしょう」

鹿島とくらべて……鹿島とくらべて……。

そのことばが、黒川の屈辱感と怒りをかき立てた。

「だ、だまれ!」

黒川は、リリーのからだに乗りかかり、彼女の白い細い首に、両手をかけた。

だが、リリーの瞳に浮かんでいる軽蔑と嘲笑は消えなかった。

「だまれ! だまれ!」黒川は彼女の首を、ぐいぐいと締めつけた。

彼女の冷たい目の彼方《かなた》に、勝利の高笑いをしている鹿島の姿が、黒川にはちらと見えた。


——会社員、社長秘書を絞殺。

新聞記事を読みながら鹿島はにやりと笑った。

「馬鹿め。きっとこのくらいのことはやるだろうと思った」

彼は新聞を、ポイとデスクの上に投げた。鹿島はすでに、課長の机にすわっていた。

「あの女を黒川にやった時から、おれからは不運が去ったのだ。おれはほんとは、もっと早く課長になれる人間だった。だが、あのリリーという、不吉な女がいたために、何もかもうまくいかなかったのだ」彼は、大きく背のびをした。

「可哀想に、黒川の奴——やっぱりスペードの女王の犠牲になったんだな」

スペードの女王……不吉の象徴——それは、中山百合だったのである。

警察病院の解剖室では、執刀した医者たちが驚きに目を見はり、解剖したばかりの中山百合の死体を前にして、ささやきあっていた。

「なんということだ！」

「この女は、何者だろう？」

「わたしも、こんな死体ははじめてだ！　心臓がハート型ではなく、スペードの型をしていて、しかもまっ黒だなんて！」

欲望

夜――。

見せかけの熱烈さで抱擁をくりかえしながら、男は考えていた。

――こんな女につかまってはたまらない。美しい女はほかにいくらでもいる。おれは若いんだ。もっともっと、いろんな女を抱きたい。こんな女には、このおれはもったいない。早く逃げ出さなくちゃ……。

「ねえ、愛してる？」

と、女がたずねた。

「もちろんさ」

男はあわてて答え、さらに強く女を抱きしめた。

「大好きだよ」

ほんとかしら？

と、女は男の腕のなかで考えていた。

――わたしは今まで、いく人もの男にだまされてきた。このひとも、わたしをだますつもりかしら。いいえ。もう、わたしはもう、だまされないわ。この男を独占してやるわ。たとえ死んでも、このひとからぜったいにはなれない……。

その瞬間、夜空に太陽があらわれた。

同時に世界中のあちこちへ落下した核ミサイルは、全人類の約三分の一を、一瞬にして蒸発させたのである。

男と女の望みは満たされた。

女は死ぬまで、男を独占することができた。そして男は、女から完全に逃げ出すことが……。

パチンコ必勝原理

その品のいい、初老の紳士は、両手にひとつずつ大きなスーツケースをさげ、身なりに似合わない、ごみごみした下町のパチンコ店にやってきた。

「千円分、玉をくださらんか」

紳士は玉売り場にいる女店員にそういって、一枚の千円札を出した。

女店員は、紳士のこざっぱりした服装をふしぎそうにじろじろと見ながら、プラスチックの箱に千円分の玉を流しこんだ。

まだ午前十時をちょっと過ぎたばかりで、広い店のなかには、かぞえるほどの客しかいなかった。

紳士は入り口の近くで片方のスーツケースを開き、そのなかからセルロイドの大きな分度器と、鋼鉄製の物差しと、ディバイダーをとり出した。

けげんそうな顔でながめている数人の店員、二、三人の客をしり目に、紳士は端にある機械から順に、それぞれの台の穴と穴との距離、釘の間隔と角度、台の総面積を測定した。

約二十台ほどの機械をおおまかにしらべたのち、スーツケースから出したタイプライター式小型計算機で、確率計算をはじめた。

その計算は、約十分で終った。

「だれかしら？　機械の修理屋さんでもなさそうね？」

「いったい、何をする気かしらん」

店員たちは、紳士のほうを見ながら、こそこそとそんなことをささやきあった。

紳士のほうは、計算の結果、どの台がいちばん確率が高いかわかったので、その台の前へスーツケースと道具類を移動させた。

パチンコの玉をひとつずつとりあげ、小型のてんびんで重さをはかり、ノギスで球の直径をはかった。つぎにマイクロスコープで表面積をはかり、水銀温度計で密度と体膨張率をはかり、それによって体積を出した。十コほどの玉をはかった上で玉の平均値を計算して出した。

「あの人、何をしてるのかな？」

「聞いてみろよ」

「きみ、聞けよ」

紳士のまわりには、いつのまにか十人ほどのヤジウマがたかっていた。玉をはじいていた客は、みんなゲームをやめて、紳士のうしろにやってきた。

みんなが、このチョビひげをはやした、小さな、上品そうな紳士に、好奇心と、わけのわからない期待をいだいていた。そして紳士の行動に、じっと眼をうばわれていた。

「パチンコをやる気なのかな？」

「機械に計算させて、パチンコをやるんだろうか？」

「こいつはおもしろいことになってきたぞ」

女店員の知らせで、店の主人がのこのこと奥から出てきて、このありさまをぼんやりながめた。

「ねえ。あんなふうに計算してパチンコをされたら、店じゅうの玉を持って行かれるんじゃありませんか？」

店員が、主人にそういった。

「やめてもらいましょうか？」

「まあ、待ちなさい」

主人はそういって、店員をとめた。

「まだ、何もしていないじゃないか。それに悪いことをしているわけじゃない。もうすこし、ようすを見てからにしよう」

店の者たちが話しあっている間にも、紳士は準備をすすめ、トレーシング・ペーパーを出して台のガラスに当て、釘と穴の位置をうつした。さらにそれを方眼紙に、正確にうつしとった。釘の角度も、横にぜんぶ書きそえて、穴の幅や傾斜も、精密に測って書きこんだ。

光度計で、店内の明るさをはかった。

コップを出し、便所から水をくんできて、その中へ、ぞうきんを巻きつけた温度計をざぶりとつけ、店の湿度を計算した。

やがて紳士は、ぎごちない手つきで、十コほどの玉をとりあげ、試験的に穴へ入れ、バネをはじき出した。パチンコをやるのははじめてらしく、玉はなかなか思う穴にはいらなかったが、二十四回めにはじいた玉が、やっとのことで、いちばん上の穴にはいった。

息をひそめていたヤジウマたちは、ほっとためいきをついた。

チーンジャラジャラッ。

十五コの玉がケースに出てきた。

紳士はすかさずその玉の音をレコーダーに記録した。再生し、音波エネルギーを測定した。同じレコーダーで、こんどはあたりの騒音の平均値を出し、つぎに三角形のトライアングルをとり出し、チーンとたたいて、店の中の空気の音波伝播《でんぱ》状況を調べた。

玉をはじくためのテコの先に糸をつけ、糸の先におもりをつけ、伸びを測った。そこから、$f=kx$ における比例定数kを算出し、バネの強さを出した。

バネの周期は、取っ手のいちばん先に木炭をくりつけ、その下でトイレット・ペーパーを回転させ、振動の波を記録して算出した。

紳士のまわりは、すでに黒山の人だかりだった。

「なんですか？　なんですか？」

「たいへんですよ、あなた。史上最高、世界最大のパチンコの大勝負がはじまろうとしているんです」

「それはおもしろい」

「前の人、ちょっと頭をさげてください。うしろが見えませんから」

たいへんなさわぎである。

店員が店の主人にささやいた。

「ねえ。これでは営業妨害です。あの人にたのんで、やめてもらいましょうか」

主人は、かぶりをふった。

「いやいや。こうなってしまっては、もうやめさせるわけにはいかん。見ている人たちがなっとくしないだろうからな。まあ、店の宣伝になるから、ほっとこう」

店じゅうの客が、パチンコをやめて集まってきた。それどころか、近所の店からも見物人がぞくぞくとやってきた。

だれかが電話をしたらしく、とうとう新聞記者までやってきた。

新聞記者のひとりは、紳士をひと目見るなりあっと声をあげていった。

「あの人は理学博士で、工学博士で、T大の名誉教授で、しかもこのあいだノーベル物理学賞をもらった湯上博士じゃないか！」

人びとが、いっせいに、どよめいた。

「湯上博士だってさ！」

「たいへんなことになってきたぞ！」

店の主人は、頭をかかえこんだ。

「しまった。早くやめさせておけばよかった。店の玉をぜんぶとられてしまうにちがいない。もう今となっては、やめてもらうことはできない。ああ、わしは破産だ！」

新聞記者たちは店員や、主人や、このありさまを最初から見物していた人たちに、質問をしはじめた。

新聞社のカメラマンたちが、湯上博士に向かって、ポンポンとフラッシュをたいた。

ついにテレビのカメラマンがやってきた。そしてこのありさまを中継するために、テレビカメラをおく場所をあけてもらってくれと、店の主人にたのみはじめた。

だが、湯上博士のほうは、そんなまわりの大さわぎにはおかまいなしに、つぎにはポケットからゴム風船をとり出した。スーツケースからは、小さな円筒になったボンべを出し、ヘリウムをふうせんに入れて、ぷっとふくらませた。その場で、その即席の気球を上昇させ、気流と気圧とをはかった。

つぎにスーツケースから、四角い新聞紙の包みをとり出した。

「こんどは、何を出すんでしょう?」

「さあ、なんでしょう?」

何が出てくるかと期待して目を光らせている人びとの前で、湯上博士は、ばりばりと新聞紙を破り捨てた。なかからは、アルミのべんとう箱が出てきた。

「博士がお昼をおめしあがりになるぞ」

新聞記者が、そういった。

「きみ、近所からお茶をもらってこい」

記者のひとりが、隣の喫茶店からコーヒーとお茶を運んできて、うやうやしく博士にさし出した。

「や、ごくろう、ごくろう」

博士は、おうようにうなずいた。

スーツケースに腰をおろし、博士はべんとう箱のふたをとった。

まんなかにウメボシがひとつ、すみにタマゴ焼きのはいったべんとう箱にかじりついている博士の姿を、テレビカメラが全国に中継した。

やがて食事を終えた博士は、ふたたび立ちあがり、スーツケースから水平器を出した。そして台のわくにおき、そこからまたおもりのついた糸をたらして、分度器で台の傾斜角度を測った。

「あれなら、いくらでもうしろから、角度を変えることができます」

店員が店の主人に、そっとささやいた。

それを聞きとがめた記者のひとりは、きっとなって店員にいった。

「いけません。これは重大な実験なのですよ。台を動かしてはなりません」

店員は首をすくめた。

博士はさらに、玉入れ口の前に樋《とい》をつけ、玉がつぎからつぎと、一列になって流れこむようにした。また、皿にあふれた玉が落ちるといけないので、出てきた玉がバケツへ流れこむような樋も作った。

博士はスーツケースから、小型発電機と、ピストンのコードを出し、モーターのシャフトにつないだ。

タイプライター式の小型計算機で、今までに測ったすべての数字をトータルし、必要な数値を出した。それによって、ピストンについている七コのダイヤルの目盛りをあわせた。

いよいよ、最後の時がやってきた。

博士はピストンを、台のテコにかみあわせ、左手をモーターのスイッチにのばした。

さあ、いよいよはじまるのだ。史上最高の大パチンコが！

勝つか？　負けるか？

人びとは、かたずをのんで見まもった。

店の主人は、あぶら汗を流してふるえはじめた。

三台のテレビカメラと、四本のマイクと五人のカメラマンが高くさしあげたフラッシュ・ランプの前で、博士はモーターのスイッチをひねった。

モーターはうなりはじめた。

一列に流れこむ玉を、ピストンは機関銃のようなスピードで、はじき出した。

一発めは……はいらなかった。

二発めも……はいらなかった。

三発めもはいらなかった。

四発めも五発めもはいらなかった。

そして数分ののち……。

湯上博士は両手にひとつずつスーツケースをさげ、ぼんやり立ちすくんでいる人びとを、ちらりと横目で見てから、てれくさそうに笑い、

「千円スった……」

と、つぶやいて、首をすくめながら、下町のパチンコ店を、こそこそと出ていった。

マリコちゃん

マリコはおじさまから、少女雑誌をいただきました。そのご本の表紙には、可愛い女の子が雑誌をかかえて笑っている写真が、きれいな色ずりで出ていました。

「あら、この女の子は、マリコにそっくりだわ」

マリコはそう思いました。

その女の子がかかえている雑誌の表紙にも、その女の子が雑誌をかかえて笑っている写真が出ていました。そしてその雑誌の表紙にもその女の子が雑誌をかかえて……。

マリコはおもしろく思いました。そこでニコニコ笑いながら、雑誌をかかえました。

その時からマリコは、動けなくなってしまったのです。

「あら、この女の子はあたしそっくり……」

いつかマリコそっくりの女の子が、マリコの顔をのぞきこんでいました。

ユリコちゃん

ユリコは泣きながら、朝ご飯を食べています。

おかあさんも泣いています。

おにいさんは男ですから泣いてはいません。でも淋《さび》しそうにだまってご飯を食べています。

静かな朝です。四畳半のお茶の間には、仏壇のお線香の匂いが立ちこめています。

お縁側を、お茶の間の方へ歩いてくる足音がしました。おとうさんです。

ユリコはあわてて涙をふきました。そして今まで、泣いてなんかいなかったようなふりをして、ご飯を食べました。

おかあさんもあわてて仏壇をしめました。そして、涙をふきました。

おとうさんが障子をあけて、お茶の間に入ってきました。青い顔をしていて、元気がありません。だって、死んでいるんですから。

おとうさんは、おにいさんの横にすわって、ご飯を食べだしました。おかあさんは泣くまいとしながら、知らん顔でお給仕をしています。

でも、ああ、おかあさんの眼から涙がにじみ出てきました。

ユリコは心のなかで叫びます。

「おかあさんのバカ！　泣いちゃだめ！　泣いたらおとうさんにわかってしまうじゃないの！　泣いちゃだめ！」

でも、おかあさんはとうとう、こらえきれずにワッと泣きだしてしまいました。エプロンを顔にあてて。

ユリコも、とうとう泣きだしてしまったのです。

おとうさんは、ふしぎそうにおかあさんとユリコを見ました。そしてやっと気がついたのです。自分が死んでいるんだということに。

おとうさんは、手からお箸《はし》を落としました。そしてゆっくりと畳の上へ俯伏《うつぶ》せました。

ユリコたちが、いっしょうけんめいわからせまいとしたのに、おとうさんは、自分が死んだことを知ってしまいました。

ああ、こんどこそ、おとうさんはほんとうに死んだのです。

おかあさんは、おとうさんの肩の上に顔をあてて、泣きました。ユリコも、おかあさんのそばへ走っていき、おかあさんに抱きついてワーワー泣きました。

とうとうおにいさんが、こらえきれずにワッと泣き出す声が聞こえました。

サチコちゃん

サチコは、こわいこわい夢を見ました。

暗い夜です。サチコはお家へ帰ろうとして、いそいでいます。お墓がありました。お墓のなかを通らないとお家へは帰れないのです。お墓のなかにおかあさんが立っていました。

サチコはこわいのをがまんして、お化けのまねをしました。おかあさんをこわがらせてやろうと思ったからです。

おかあさんは、ちっともこわがりません。それどころか、あべこべに、サチコにお化けのまねをしてみせました。

あまりのこわさに、サチコはいっしょうけんめいに逃げだしました。あとからおかあさんがおいかけてきます。手には鋏《はさみ》をもっています。

とうとうサチコはおかあさんにつかまってしまいました。おかあさんの顔はお家の客間にかけてある、はんにゃの面のようでした。

サチコは大きな声で泣きました。それで眼がさめたのです。

まくらもとには、おかあさんが心配そうにサチコの顔をのぞきこんでいました。

「夢をみたのね？」

「ええ」

「こわい夢？」

「こわい、こわい夢」

サチコはおかあさんに夢の話をしました。おかあさんはいいました。

「かあさんの顔は、こんな顔だった？」、
たちまちおかあさんの顔は、はんにゃの顔になりました。そして横の鏡台から鋏をとって、ふりあげたのです。

サチコは泣きさけびました。

そしたら、また眼がさめたのです。

まくらもとに、おかあさんがいました。心配そうにサチコの顔をのぞきこんでいました。

サチコは、これもきっと夢だと思いました。鏡台から鋏をとると、おかあさんの胸にさしました。おかあさんは何もいわないで倒れました。

サチコはおふとんにもぐりこみました。そしてこんどこそ、ほんとうにぐっすりと眠りました。夢もみずに……。

ユミコちゃん

「ただいま、ユミコ、いるかい？」

「あら、おとうさま。お帰りなさい。今日は早かったのね」

「ああ。疲れているのでね。早く帰ってきたよ」

「晩ごはんの用意、もうできてるわ」

「そうかい。すまないね。おかあさんが死んじゃってから、何もかも、眼の不自由なお前にさせてしまって……。ところでユミコ、何もかわったことはなかったかい？」

「お客さまがあったわ」

「へええ、そうかい。誰？」

「背広、お脱ぎになったら？　着物持ってくるわ。男のかたよ。おとうさまが以前、大学の細菌研究室にいられた時の、お友だちなんですって……。名前はおっしゃらなかったわ」

「ほう、誰だろうなあ。ひとり？」

「いいえ、お二人よ。おとうさまお留守ですっていったら、どうしようかって、相談してられたわ。はい帯……。おとうさまのこと、いろいろご存じだったから、客間へお通しして、しばらく待っていただいたのよ」

「ふうん。だけど名前をいわなかったっていうのが、おかしいなあ。あのね、ユミコ、今度から名前をいわない人を、お通しするんじゃないよ。もし悪い人だったら、たいへんだからね」

「はい。でもねえ、ユミコ、声を聞いただけで、いい人か悪い人かわかるのよ。あの人たち、とってもいい人だったわ」

「そうかい。で、すぐ帰ったの？」

「ええ、二十分ほど待たれて、またきますって帰られたわ」

「そう」

「でもねえ、おかしいのよ。あの人たち、お手洗いをお借りしますっていって、二人いっしょにおトイレへ行くのよ。なかまでいっしょに入って、なかでペチャクチャしゃべっているのよ。おかしかったわ」

「へえ、おかしな人たちだね」

「でも、ふしぎなの。足音はひとつしか聞こえないのよ。それにお座布団をふたつだしたのに、ひとつしか敷いてなかったの。だってあとで押入れへ入れようとしたら、ひとつはあたたかだったけど、もう片方は冷たかったのよ」

きつね

とうとう夜になってしまった。

でも、さいわい月が出ていたので、山道にまようようなことはなかった。よく知っている一本道だから。

和彦君と吾朗君は、早く村へ帰ろうといそいでいた。町の道雄君のお家で遊んでいて、知らない間に遅くなってしまったのだ。

道の両側の木が、まっ黒だった。

つめたい風がときどき吹いてきて、草の葉を鳴らした。

「この道に、狐が出るんだってね」

和彦君が吾朗君にいった。吾朗君は、胸がひとつ、どきんと大きな音を立てたように思った。それから、そっと横目で和彦君を見た。和彦君は、吾朗君がどういうかと思って、じっと吾朗君の顔を見ていた。

吾朗君は、和彦君が自分をこわがらせようとしているのだと思った。それで、わざと平気な顔をしていった。

「うん、そうらしいね。うちのおじいさんもいってたよ。きれいな女の人になって出てくるんだって」

ふたりは歩きつづけた。

和彦君は、吾朗君がちっともこわがらないのでおもしろくなかった。おまけに、自分がだんだんこわくなってきた。吾朗君がこわがれば、それがおもしろいから、和彦君はこわくなくなるのだ。

和彦君はいった。

「でもねえ、ふたりで歩いていると、狐はそのふたりのうちのどちらかに、のりうつるんだってさ」

そして和彦君は立ちどまり、吾朗君の顔をじっと見つめた。

「あのねえ、吾朗君、ほんとうはね、僕はねえ、狐なんだよ」

吾朗君はゾッとした。だけど、今こわがれば、村へつくまでずっと和彦君におどかされつづけになるだろうと思ったので、あべこべにおどかしてやろうとして、わざとニタニタ笑ってみせた。

「和彦君、君、ほんとうはこわいんだろう？　だから僕をこわがらせようとしてそんなことをいってるんだろう？　僕をこわがらせれば、君はこわくなくなると思ってるんだろう？　僕は君の考えてることなんか、ちゃんとわかるんだよ。だって僕、狐だもの」

そういって、またニタニタ笑った。

和彦君の胸は、ドーンドーンと太鼓を打ちはじめた。だけど、平気な顔をしていった。

「へええ、僕が狐じゃないっていうんだね？　そうかい」

そして、ケタケタと笑った。

「じゃあ、ここでどろんと消えてやろうか？」

吾朗君は、こわくてこわくて、腰がガクンガクンしたが、わざと笑ってみせた。

「ケケケケケ。じゃあこちらは、カラカサのお化けになってやろうか？」

ふたりはじっと見つめあった。そしてニタニタ笑いながら、忍術つかいのように指を握った。

お寺の鐘が、ゴーンとなった。

しばらく、ふたりは見つめあっていた。

それから、いっしょにワーッと泣きだした。

たぬき

わたしはたったひとり、森の小道を村へいそいでいた。

あたりはまっ暗で、ただ小道だけがぼうと白かった。

森からは、今にも何か出てきそうで、とても怖かった。こんな暗い夜に、わたしにお酒を買いにやらせた父が憎らしかった。

突然うしろで、キャアという叫び声がした。びっくりして振りかえると、隣村のお京さんがまっ青な顔をして走ってきた。髪をふり乱している。

「助けて！　たぬきが追っかけてくるう！」

わたしは、あやうく腰を抜かすところだった。でも、たぬきが来てはたいへんだから、あわてて走った。膝《ひざ》がガクガクして、思うように走れなかった。

お京さんはわたしに追いつくと、

「待って！　さきに逃げちゃいや！」

と、叫んで、わたしの帯をうしろからつかんだ。わたしを道づれにする気なんだ。

わたしは悲鳴をあげた。

「いや！　はなして！」

と、叫びながら、無我夢中で逃げた。

いつのまにか下駄《げた》をとばしてわたしははだしになっていた。帯がとけそうだったけど、恐ろしさのあまり、かまわずに走りつづけた。お京さんの足とわたしの足がからんで、たびたび転びそうになった。

ふたりは悲鳴をあげながら、草の葉をザワザワならして小道を逃げつづけた。口のなかがカラカラになっていた。

誰かがこちらへやってくるのが、ずっと遠くに見えた。

わたしは

「助けて！」

と叫んだ。

その人は、びっくりして立ちどまり、じっとこちらを見つめた。

新田《しんでん》のお松さんだった。

わたしはまた叫んだ。

「助けて！　たぬきがくる！」

お松さんはびっくりして、くるりと向こうを向くと、持っていた包みを投げ捨てて逃げ出した。ワラ草履を脱ぎ捨てたらしく、白い足の裏が見えた。

わたしはお松さんに追いつくと、お松さんの帯をうしろからしっかり握った。

「お松さん待って！　ひとりで逃げちゃずるいわ」

お松さんは何度も悲鳴をあげた。わたしの手に指をかけて、ふりほどこうとしたがわたしは離さなかった。

お松さんのながい髪がバサバサとわたしの顔をおおった。

わたしたちは転がるように、逃げて逃げて、逃げつづけた。でも、いつまで逃げても村へ着かなかった。

いつまでも森の横を逃げていた。

いつのまにかお松さんの前にも、誰かが走って逃げているようすだった。

朝になって気がついてみると、わたしをふくめた何十人かの女の子が、森の周囲を輪になって、眼を吊りあげて走っていたのだった。

コドモのカミサマ

コドモのカミサマは、ニンゲンのオトナがキライでした。それで、コドモをイジめるオトナにバチをアてました。オトナたちはヨワって、オトナのカミサマにいいました。

「コドモのカミサマが、バチをアててコマります。わたしたちは、いたずらをしたコドモをシカることもできないのです」

そこへコドモたちもやってきました。そしていいました。

「オトナがオコらないから、いたずらをしても、おもしろくないんです」

そこでカミサマは、コドモのカミサマにイッピキのウサギをアタえました。コドモのカミサマはそのウサギがスきになりましたので、ウサギとケッコンしてしまいました。するともう、コドモではなくなりましたので、ニンゲンのコドモにはミむきもしなくなりました。

コドモたちは、マエよりもハゲしくいたずらをはじめました。オトナもヨロこんでコドモをイジめました。

ウイスキーの神様

ウイスキーの神様は、ファッションの女神様がお好きでした。でも、ファッションの女神様はいつもフランスにいましたから、会うことができませんでした。そこでウイスキーの神様は、いつも長距離電話で女神様に愛の言葉をささやいていました。

そのうち、女神様の顔を見たくてたまらなくなったウイスキーの神様は、一度でいいから会ってくださいと電話で頼みました。

「それほどおっしゃるなら、明日の正午、天上の庭園で待っていてくださいます？でもわたし、行けるかどうかわからなくてよ。だって、あちこちのショウを見て歩かなければならないんですもの」

「かまいません。何時間でもお待ちします」

翌日の正午、ウイスキーの神様は、庭園のベンチに腰をおろして、女神様を待ちました。女神様はなかなかいらっしゃいません。

やがて日暮れ時になりました。庭園の赤い木の葉が、冷たい風に吹かれてじっと女神様を待ちつづける神様の頭に、肩に、はらはらと散りつづけました。神様の足もとには、何十本ものタバコの吸殻と、数本のからのウイスキーのポケット瓶が散らばりました。

夜になりました。星が、神様の白いアゴヒゲを、青く照らしはじめました。それでも神様は、じっとベンチで待ちつづけました。

もう、女神様はいらっしゃらないでしょう。でも、神様は、いつまでも待ちつづけるつもりだったのです。

真夜中に近くなりました。

白いレインコートを着たひとりの女神様がやってきて、神様に微笑みかけました。神様はおどろいて立ちあがりました。でも、星の光でよく見ると、それはファッションの女神様ではありませんでした。

その女神様は、おっしゃいました。

「わたしじゃおいや？」

ファッションの女神様ほど美しくはありませんが、ずっと現代的な、可愛い女神様でしたので、神様はすっかりうれしくなりました。そして不思議そうにたずねました。

「あなたはいったい、どなたですか？」

女神様はおっしゃいました。

「わたしは電話の神様です。やっと今、暇になりましたの」

神様と仏さま

神様たちがお経を拾いました。読んでみると、とてもおもしろいことが書いてありましたので、みんな腹をかかえて笑いころげました。

お経は、仏さまの書かれたものです。

仏さまの子分の羅刹《らせつ》がこれを見て、怒って仏さまに報告しました。

昼寝をしていた仏さまは、これを聞いても笑って、

「ほっとけ、ほっとけ」

といわれただけでした。

そのうちに神様たちは、仏さまの悪口をいいだしました。そして仏さまのツルツルの坊主頭のことを笑いました。

これを聞くと仏さまは、たいそう怒りました。

「他人の容貌《ようぼう》や姿かたちを笑いものにするとは、とんでもない奴らだ」

そこで仏さまは、神様たちに、こわいこわい夢を見せました。その夢があまりにこわかったので、神様たちはびっくりして眼をさましました。それが仏さまのしわざとわかりますと、みんなたいそう怒りました。相談をして、みんなで仏さまに罰を当て

ることにしました。

神様の罰が当たった仏さまが、うんうん苦しんでいますと、神様の子分のサタンが、そっと様子を見にきました。仏さまはサタンを捕えて申しました。

「死ぬほどこわい夢を見せてやると、帰ってそういえ」

サタンはびっくりして、とんで帰り、神様たちにこれを報告しました。神様たちは、サタンのあとをつけてきた羅刹を捕えて申しました。

「死ぬほどひどい罰を当ててやると、帰ってそういえ」

仏さまは、神様の罰がこわく、神様たちはこわい夢を見たくありませんでした。

冷たい対立が続きました。どちらも腹が立って、むしゃくしゃして、不機嫌でした。

とうとう、たまりかねた仏さまが、

「ええい、こうなれば人間でもいじめてやれ」

とばかり、子分の羅刹、鬼、妖怪《ようかい》などに命じて人間をいじめさせました。

神様たちも負けずに、サタン、デビル、ゴブリンなどを人間の世界へ出動させました。

人間たちは苦しんで、苦しんで、苦しみぬいたということです。

池猫

わたしが小学生の頃だった。

家には数匹の猫がいて、近所の人からは猫屋敷などと呼ばれていた。雌猫が四匹いた。つぎつぎと子猫を生むので、それを捨てに行くのはいつもわたしの役だった。いやな役だが、親のいいつけでは仕方がなかった。最初は隣の村や町などに捨てに行っていたが、そのうちにめんどうくさくなってきた。ちょうど家の裏山に、古い池があったので、子ども心にも少々残酷だとは思ったが、そこへ投げ込むことにした。

池は林のなかにあり、波立たぬ水面は蒼黒《あおぐろ》くて不気味であり、池の岸辺の水中からはネコヤナギがひょろひょろと生えていた。

わたしは生まれた子猫を――三匹の時もあり、四匹の時もあり、多い時は七匹の時もあったが――つぎつぎと池に投げ込んでは帰ってきた。しまいには、さすがに自分の殺生にいや気がさし、怖さも手つだって、沈むのを確かめようともせず、投げ込むなり逃げ帰ってきた。

それまではその池へ、よく遊びに行ったり、魚を釣りに行ったり、泳ぎに行ったりしていたのだが、子猫を捨てはじめてからは、ふっつり行くのをやめた。

その後、大学へ入ってからは、わたしは家をはなれた。都会に住むようになり、帰郷しないままに七年が過ぎた。

ある秋——わたしは家にもどり、数日の休暇をのんびりと暮らした。

その日——わたしは久しぶりで、裏山にのぼってみた。あの池が見たくなったのである。怖いもの見たさという気持もあったかもしれない。

林を抜け、ネコヤナギの生えている池の岸辺に立った時、わたしはびっくりして眼を丸くし、立ちすくんだ。あまりのことに、悲鳴も出なかった。

蒼《あお》く澄んだ水面を、水に適応した数百匹——いや、数千匹の猫が泳ぎまわっていたのだ。

あるものは水面から首だけ出してすいすいと泳ぎ、あるものはギャア、ギャアと叫びながら水面からはねあがり、あるものは水に潜って魚をとっていた。

「池猫だ！」

わたしはあまりの恐ろしさに青くなり、ゲタを脱いで裸足《はだし》のまま山を駆けおりた。

飛び猫

高速道路が通るため、その山は切り崩されることになった。ダイナマイトが仕掛けられ、パワーショベルが唸《うな》り、ブルドーザーが走りまわった。山はたちまち形を変えていった。

ある日、工事関係者たちは鍾乳洞を掘りあてててしまった。洞窟《どうくつ》の壁を外側から崩してしまい、陽光の射し込まぬ暗黒の世界を、一部分外の世界へ開いてしまったのである。

暗闇の中から突然、数十四――いや、数百四のコウモリがとび出してきた。何故かいずれも凶暴になっていて、眼を血走らせ、白い歯をむき出していた。

コウモリと大格闘しながら工夫たちが洞窟のなかへ入っていくと、そこにはさらに凶暴な動物がいた。飛びかかってくるそいつらを、なんとか叩《たた》き殺して外へひきずり出し、その姿を見て、工夫たちはあっと驚いた。身体つきが、ももんがとか、むささびとかいった動物のように扁平《へんぺい》になった猫だったのである。

さっそく動物学者が現場へやってきた。

「おそらく以前、この洞窟へ迷いこんできた野良猫の子孫でしょうな」

と、その変態猫の死体を見て、学者はいった。

「コウモリを取って食べるため、洞窟内を滑空する必要にせまられて、このような変態をとげたのでしょう。洞窟内を捜せば、もっとたくさんいるにちがいない」

学者は頭をかかえ、うめくようにいった。

「この猫を、飛び猫と名づけましょう」

お助け

最初、それは細君との口論からはじまった。妙にノロノロしたいい方で彼女は彼に、数日来の不満をぶちまけたのである。

「あなたったら、この頃、何をしゃべってるのかわかりゃしないわ。すごい早口でペラペラまくし立てるし、わたしが返事してしまわないうちに、またつぎのことをペラペラしゃべり出すし、まるで舌がまわり出して止まらないみたいよ。それにあなたったら、この頃どうしてそんなせっかちになったの？　研究所から帰って来た時なんか、まるで人殺しに追いかけられてるみたいに、家のなかへすごいスピードで駆け込んで来たかと思うとバタバタと着換えをして飲み込むみたいにご飯を食べていったい何をあわててるのかと思ったら、それから新聞を読み出すじゃないの。いったい何のつもりなの？　子どもがびっくりしてるじゃないの。忙しがってる真似なら研究所だけでたくさんよ。家のなかへまで、そんなせっついた雰囲気を持ち込まれちゃ、たまらないわ。ねえ、何をそんなにキョロキョロおちつかないの？　ほらほら、また時計を見るのね？　いくら時計を見たって同じじゃないの。時間の早さに変わりはないわよ」

そうだ。その「時間」なのだ。彼には、時間の経つのがのろくなったとしか思えないのだ。

細君にかぎらず、研究所の同僚にしても、道を歩いて行く人間たちにしても、どうしてみんな、あんなにノロノロ動きまわり出したのだろう。話をすれば、そのテンポののろさにイライラしてしまって、つい相手が話し終らない間に返事をしたり、つぎの話題に移ったりしてしまって妙な顔をされてしまう。

昨日も同僚から実験の報告を受け取った時、何もひったくらなくったっていいだろうといやみをいわれた。

いったいいつからこんなことになったんだろう？　いったいどうしてだ？

彼は考え込む。

一か月前までは、こんなことはなかった。いや、最近だって何も、わざとせっついたり、早口でしゃべったりしているわけじゃない。ごくあたり前に話し、当り前にふるまっているつもりだ。周囲の世界が変化したとしか思えない。

そういえば、一か月ほど前からだ。時計を見て、おや、まだこんな時間だったかと不思議に思ったり――そうだ、一度など、てっきり腕時計が遅れてると思って、ラジオの番組と照らしあわせたりしたっけ――電車がいやにのろのろと走るので遅刻するんじゃないかとイライラしたり、朝、妙に早く眼が覚めたり、晩は晩で妙に早く眠くなったり……。いったいこいつは何事だろう。

とにかく、まともじゃない。といって肉体的には正常だし、頭も別におかしくはない。とするとこれは……わからない。とにかく、ただごとじゃない。

彼は考える。だがわからない。彼は周囲の世界がだんだん自分から離れて行くような不思議な感情におびやかされる。彼は自分が孤独だと感じる。その孤独感は、しだいに強くなって行く。彼は自分が精神病じゃないかと疑う。医者に診てもらう。どこも悪くはない。彼はますますわけがわからなくなる。

彼はアストロノーティクス研究所の所員である。それは、おもに宇宙ロケットのパイロットの養成をしている宇宙航行技術の研究所で、ほとんど政府の補助金で活動をしている。彼はそこでスペース・ネヴィゲーター（宇宙航空士）としての肉体訓練と実験を受け、アストロゲイション（星間航行学）を学んでいるのだ。

彼は小さい時から、無神論者であり、性格的には粗野で、道徳感にとぼしかった。青少年時代を、不良グループの兄貴分として過し、いろいろな小悪事を働いた。やがて彼は、彼の性分に合わない狭苦しい地球が厭《いや》になり、ひろびろとした大宇宙にあこがれ、二十八歳になってロケットのパイロットを志した。彼は自分の無道徳的性格を生かす道を、やっと見つけ出したと信じた。

大宇宙には、地球上のようなコセコセした法律はなく道徳もない。強いていえば、そこにあるのは宇宙意志だけだ。そして彼は、自分こそ、その宇宙意志になりきるのだと、固く心に誓ったのである。

三年前に結婚し、子どもも一人ある。だが、そんなものは彼の野心を人びとに気づかれぬようにし、世間体をつくろっておくために過ぎない。

五年前、政府が大々的に行なった公募に応じて、全国から集まったテスト・パイロットの候補者は、最初数百人いた。だが、そのほとんどが最初の加速実験で落第した。まるで肋骨《ろっこつ》が折れ、臓器が飛び出しそうなものすごい圧力に耐え兼ねて悲鳴をあげたのだ。心臓麻痺《しんぞうまひ》で死んだ者も数名あった。つぎつぎと激しさの加わる加速実験で、最後に残ったのは彼一人だった。すばらしい体力であり、超人的な忍耐力であった。

その後数年間、たった一人のテスト・パイロットとして、宇宙ロケット内でさまざまの現象に耐えるための訓練と種々の人体実験を毎日受け、彼の身体はますます鍛えられた。

だが、そんな彼も、一か月前から起こり出した、この説明のつかない不思議な現象には、すっかりノイローゼになってしまったのである。

細君との口論があってからさらに一週間たった。

を見出《みいだ》した。

彼は自分自身のテンポが、外界のテンポとまったく不調和になってしまっているの
彼の一時間は外界の二時間分に相当し、外界の一日は彼の半日のテンポになってしまったのだ。人びとは彼の倍の緩慢さでしゃべり、動作し、考え、そして眠る。彼は昼過ぎになると、すでに睡眠の必要に迫られ出す。

訓練が日常茶飯事となり、どんな激しい実験もなんら苦痛を感じなくなると、今度は反対に、世間との交渉が激しい苦痛をともなう義務として、彼に向って来たのである。世間のあらゆる物事の進行に彼のテンポを合わせて行こうとすることには、大変な肉体的精神的苦痛がともなったのだ。

彼の細君にしても子どもにしても、研究所で彼と接する所員たちにしても、彼のめまぐるしい動作と鉄砲玉のようなスピード言語には、もう完全に追いつけなかった。彼をぽかんと眺めているだけだった。

どんな手段であるにせよ、彼への伝達、彼との交流が不可能に近いほど困難であることを悟った時、人びとは彼を無視しはじめた。彼にとっては、無視された方がありがたいくらいだった。何といっても、異端者は彼自身なのだから、他人と歩調をあわせる苦痛にくらべれば、他との交流のない孤独の方がずっと楽に思われた。

だが、しばらくすると、さすがの彼もいいあらわせないほどの深い孤独感の襲来に、

そろそろあせりはじめたのである。

さらに一週間。

彼と世間とのテンポの差は、加速度的に大きくなって行くばかりだった。やっと近頃になって、彼はこの不思議な現象の説明らしいものを、一つだけ考えついた。これはおれの受けている、あの実験――超現実的な、人間の能力の限界を超越しようとするあの訓練――が原因らしい。論理的に説明できる知識の持ちあわせはないが、どうやらおれはあの加速実験で、人間の作った時間と、それにともなう進行の速度を、肉体的精神的に受け入れられなくなったに違いない。とするとおれは、おれの望み通り、地球人であることから脱け出し、宇宙意志になりきることへの一歩を歩み出したわけではないか。悲しむべきことではなく、むしろ喜ぶべきことではないか。

だが、そうはいうものの、彼はやはりこの孤独感にはまいっていた。宇宙意志への道を歩いて行きながらもその彼にたいする世間的な反応が、彼はつねにほしかった。あるいは、はげまし合いながらこの道をともに歩んで行く者がほしかった。彼は現在の状態のままでは、発狂するより他ないと思った。彼一人だけが先へ先へと歩いて行き、すれ違う人たちの彼にたいする反応は、彼にとってまったくないも同然だった。まるで停止しているかのようにのろのろと歩を運んでいる通行人の眼の前を横切っても、彼らの反応は、今、すごい早さで駆けて行ったのはいったい何だったのだろうと、すでに百メートルも先を歩いて行く彼のうしろ姿をいぶかしげにぼんやり眺める程度だった。そのうしろ姿さえも、彼らの眼にははっきりとは映らないのだ。

横断歩道を渡る必要は、彼にはなかった。それでもゆらりゆらりと走ってくる車をよけながら、向い側の歩道へたどり着いている間は、まだ何となくスリルがあり、少々こっけいな感じがしておもしろかった。だがそのうち、車の速度がまるでかたつむりのようにのろのろと、まるっきり停止しているかのような走り方になってきた頃には、彼はあたかも灰色の空虚な無生物ばかりの世界にまぎれ込んだような気持ちになり、そして自分だけが動きまわっているということにかえって耐えがたい不安を感じ出すようになった。

まったく、すべてが静止していた。

人びとは、さまざまなポーズをしたマネキン人形のように、町中のいたるところに突っ立っていた。走っている人間は、両足をながい間宙に拡げたまま、地面から一フィート位の空中に浮かんでいた。犬や猫も、まったく剝製《はくせい》のように、そして車は、ちょうど大パノラマの模型のように、町中にゴロゴロ転がり、散らばっているといった感じだった。

彼は、しばらく前から研究所へ行くのをやめていた。しばらく前といっても、実際何には五日前からなのであるが、彼にはこの五日間が、二か月以上にも感じられた。何もすることがないままに、あてもなく街のなかをうろうろと一時間も歩きまわり、行き当りばったりに豪華なホテルへ入って一時間睡眠する。眼が覚めても、周囲の変化はほとんどない。彼は、気を強く持てと自分にいい聞かせた。何、発狂なんぞするものか！

盲目的に信仰していた科学から裏切られたような気持ちになり、孤独が彼の身体を取り巻き、世界の壊滅感が彼の身を包むと、彼の心にはふたたび、あの少年時代の神を恐れぬ不道徳な衝動が湧き上って来た。だが、その不道徳さは、今、彼が住んでいる世界では不道徳と呼ばれるものではなく、もちろん悪でもなかった。

静まり返った銀行のなかで、さまざまのポーズでじっとしている銀行員たちの手から、真新しい札束を引ったくったところで、その反応はないも同然だったし、第一、彼には札束そのものが不要であった。

レストランには豪華な料理が並んでいたし、テーブルの前に坐《すわ》っている人たちは、その料理を食べるかっこうをしているに過ぎなかった。

町一番のホテルでは、宴会が開かれていた。一流の名士たちや、その美しい夫人や令嬢たちが、着飾り、あでやかなポーズをとっている、まるで名画を立体化したような雰囲気のなかで、彼は一人、勝手気ままに動きまわり飲み食いした。

彼は淋《さび》しさをまぎらす手段として、いろいろないたずらをした。通行人たちのポケットから財布を取り出し、歩道へぶちまけて見たり、急いで歩いている二人の男を向い合せにおき変えて見たり、公園の木陰で若い娘と抱擁している男の腕から、娘を抱き去り、かわりに新聞売りの老婆を連れて来て抱かせておいたり、寝室の美女を抱き上げて来て、むき出しの姿のまま繁華街の四つ辻《つじ》へ転がしておいたり、考えつくかぎりのいたずらを尽くしたが、それとて彼の淋しさをまぎらすことはできなかった。

いたずらは反応、あるいは反応の予測を喜ぶためのものであり、反応のまったくないいたずらは、いたずらとしての価値はなく、いたずらと呼べないものだと彼は悟った。

つぎには彼に、激しい破壊の衝動がやってきた。

彼は大声で罵《ののし》り、わめき散らしながら、棒切れで街中のものを片っ端から叩《たた》き壊しはじめた。巡査の拳銃《けんじゅう》を奪い、建物の窓ガラスやウインドウをポンポン破り、車をひっくり返した。ほんのしばらくのうちに街は見るかげもない無残なありさまになった。

豪華な服を着込み、指にはダイヤの指輪をはめ、髪の毛と髭《ひげ》をぼうぼうと伸び放題に生やし、片手に拳銃、片手に棒切れを持ち、

「おれは神様だ！」と叫びながら、街中を破壊して行く男。

この姿が彼自身の望んでいた、宇宙意志そのものの姿だったのだろうか？　彼の悪業は彼以外の世界では彼の名を残さぬ下らない突発的事故となり、彼は永久に孤独であろう。

とうとう最後に、彼は街なかの車道にぶっ倒れた。そして、アスファルトの上に転がったまま、破壊的衝動を満足させた喜びに、しばし浸っていた。

彼は疲れ切っていた。彼は転がったまま、なおもしばらくはわめき続けていたが、やがてぐっすりと眠り込んでしまったのである。

ふと、彼は右足の太股《ふともも》と肩に、激しい痛みと圧迫を感じて眼を覚ました。

眼の前に、自分の身体に乗りかかって来ようとしている大型トラックのタイヤがあった。それは、彼が路上に横になった時に、まだ五メートルばかり前方にいたトラックだった。

彼はあわてて起き上ろうとしたが、タイヤは、彼の肩と右足をしっかり押さえつけてしまっていた。左手でタイヤを押しもどそうとしたが、むろん無理だった。彼は激痛を感じて唸《うな》った。

そして、その大型トラックは、動いているかいないかのゆっくりした速度でのろのろと前進しながら、彼の身体をジリジリと押し潰《つぶ》しにかかったのである。

その時、彼はほとんど悲鳴に近い声で、生まれて始めて神の名を呼んだのだ。

「神様、お助けを！」

疑似人間《ロボットイド》

若いうちからあまり遊ばず、金のかかる道楽もやらず、親から受け継いだ家業にせいを出したので、八十歳になった時、彼は思っていたよりも金持ちになっていた。要するに人間というものは、性格的に欠陥があるか、とんでもない悪運に見舞われるかしないかぎり、まともにこつこつ働いてさえいれば、自分で思っていた以上に成功することができるのである。

彼は三つの小さな会社と、二軒の家と、一つのアパートと、二台の運転手つき自家用車と、三人の妾《めかけ》を持った。もちろん彼はまだ働くつもりだった。だが八十歳にもなると、さすがに若い頃のようには働けない。まず心臓が弱ってきた。

時は二〇一五年――。

この時代の八十歳といえば、まだ社会の中堅層である。医学の進歩と社会情勢の発展が、平均寿命の延長をもたらしたのだ。

彼はまず、思いきって心臓を、人工のそれにとりかえた。心臓の構造と機能は、それほど単純ではない。しかしそれはあくまで動態力学的なものだ。だから人工臓器のなかでも、比較的早く、二〇〇〇年代にはすでに出現していたのである。最初はモーターだけを体外に出さなければならなかったが、彼が手術を受けた頃には強力な小型モーターが完成していて、彼はそれを、プラスチック製の心臓とともに体内に設置してもらった。これで彼は、悩まされていた冠動脈硬化症の苦しみから解放されたのである。

ただ問題は、神経が通っていないために、自律的調節ができないことだった。つまり、階段を登ると自然に心臓の動悸《どうき》が早くなるというあの調節作用である。そこで動悸の度数目盛りのきざみ込まれたダイヤルを胸にとりつけ、激しい運動をする時などは彼自身が自分でそれをまわして調節しなければならなかったのである。もっとも若い頃のように、肉体労働をする必要はあまりなかったから、それほどわずらわしさを感じないでもすんだ。

それからさらに十五年、彼が九十五歳になった時、人工肺臓が完成した。これさいわいと彼は、さっそくその手術を受けることにした。肺ガンにかかっていたのだ。鉄の肺と呼ばれているものは数十年前からあったが、これはたんなる気圧変動ドームで、呼吸運動を強化するためだけのものだった。人工肺臓というのは根本的にこれと違い、精密なガス交換装置を中心に血液圧出ポンプと酸素《さんそ》泡沫浴管《ほうまつよくかん》とを合体したものである。なにしろ発明されたばかりで手術にはたいへんな金がかかったが、今や彼は日本一の金持ちになっていたので、どんな支出もへいちゃらだった。

さらに二十年――彼は百十五歳になっていた。彼の事業は飛躍し、世界へ進出した。

このころ彼は、大動脈瘤《だいどうみゃくりゅう》、脳動脈硬化などの症状に悩まされていたので、血管をとりかえることにした。合成繊維による代用血管は早くから完成していたので、手術はかんたんだったし、費用もたいしてかからなかった。血管というのがそもそも、たんに環走および縦走の筋肉層からなる弾性の豊かな管というにすぎなかったのだから。そこで彼はこの機会に、身体中のほとんどの血管をとりかえることにした。もちろん、手術は成功した。百十五歳とは思えぬ元気で、彼はばりばり仕事をした。彼の事業は、発展せざるをえなかった。巨大なコンツェルンが、世界中あますところなく網の目のように広がっていった。組織がどこまで大きくなっていくことやら、もはや彼自身にも、もちろん彼以外の誰にもわからなかった。

二一一五年――彼はついに百八十歳になった。

この年、彼は食道ガンになり、食道を人工のものと取りかえた。

二一二〇年――百八十五歳。

腎性《じんせい》高血圧と尿毒症に悩んだ彼は、ついに人工腎臓《じんぞう》の手術をした。どれだけ金がかかろうと、問題はかけがえのない彼自身の生命にかかわっているのだから、出費は惜しまなかった。

二一四〇年――二百五歳。

精力の衰えを感じはじめた彼は、人工内分泌腺《ないぶんぴつせん》の手術を受けた。内分泌腺分泌ホルモンの合成は、数年前に完成したばかりである。この手術で彼は持病の糖尿病を克服した。

二一五五年――二百二十歳。

彼はついに、世界一の金持ちになり、世界の産業界に君臨した。

だがこの年、彼には今までにない生命の危機がおとずれた。肝臓の機能障害に見舞われたのである。

人工肝臓――さすがにこれだけは、まだ実用化されていなかった。肝臓の機能があまりにも複雑多岐にわたっていて、この代用品を人工化することだけは、ほぼ不可能に近かった。せいぜい肝臓の一部――たとえば胆汁分泌作用が減退した場合には人工胆汁の補給で間にあわせるという程度だったのである。彼はさっそく、全世界の学会、研究所、病院、大学などに檄《げき》をとばし、人工肝臓の完成をせき立て、惜しみなく研究費用の援助を行なった。

健康なままで、彼ほど長生きした人間は、その時すでに、彼以外には二、三人しかいなかった。過去の歴史をふり返ってみても、その数は十人に満たないはずだった。

彼の妻も、彼の最初の三人の妾も、とっくに死んでいた。二年ののち、ついに人工肝臓は完成した。だがそれは、重量約五トン、最大型のトレーラーほどもあるという代物だった。彼の肉体に、その巨大な人工肝臓が連結された。たまたま彼が外出する際には、彼の乗用車のすぐうしろを、その肝臓を積んだ大きな車がついて走った。だが一年ごとに、その人工肝臓は改良され、しだいに小型になり、十年ののちには彼の身体のなかに埋め込まれるほど小型化したのである。

二一八〇年――二百四十五歳。

世界中は彼の噂でもちきりだった。

彼ほど長生きした人間が他にいず、歴史上かつてなかったということもあったが、もうひとつは、ついに彼が人工性器の手術を受けたという噂がとんだからである。ほんとうのところは、彼がたんに人工睾丸《こうがん》と人工ペニスをつけたというだけのことだった。生殖細胞や生産器官としての性器の代用品を生み出すことだけは、絶対に不可能だったからだし、だいいち彼には、性欲や種の保存本能など、とっくの昔になくなってしまっていたのである。だがその後も彼は、いろいろな手術を受けて、噂のタネをまきちらした。

二一九五年――二百六十歳。

彼は人工的に合成された血を本ものととりかえた。

二二〇〇年――二百六十五歳。

毛髪と皮膚を、人工のそれにはり替えた。

そして二二三五年――ついに三百歳！

今度こそ世界中の人間が、あっと驚いた。

彼が自分の脳を、人工頭脳ととりかえたのである。機械のように精密で、しかも強固だった彼の脳細胞も、三百年も経ったのではぼけてくるのが当然だった。だが数十年も前から、この時の来るのを予想していた彼は、巨大な電子頭脳に、自己の記憶と感情に関するデータを洩《も》れなくあたえていたのだ。そしてその電子頭脳をコンパクトにし頭蓋骨《ずがいこつ》へ埋め込んだのだ。判断力や理解力は、人間は機械に劣る。だから彼はついに世界最高の知性を持つことになったのである。

こうなってくると、あとはもう、彼にはこわいものはなくなってしまった。

目が駄目になると彼は、精密光学機械技術の結晶である義眼を、人工頭脳と連絡させてはめ込めばよかった。手足の自由がきかなくなると、マジック・ハンドやマジック・レッグをつけ、それを人工頭脳に連絡して作動させればよかったのである。

二二四〇年――三百五歳。

彼は全世界の――地球上にとどまらず、月、火星の植民地もふくめて――政界、財界に君臨した。彼はもはや、神に近い存在だった。

彼の肉体は原型をとどめぬまでにサイボーグ化していた。と、いうより、人工でない部分が、ほとんどなくなったというべきだろう。

ある日、彼のおかかえの医者——というより、むしろサイボーグ科学者といったほうがいいかもしれないが——が、彼の健康診断をしている時、彼の肉体のなかでただひとつ人工のものでない部分を発見した。

「おやおや。この大臼歯《だいきゅうし》だけは、ずいぶん、長持ちしていますね」

たった一本だけ残った歯を見て、医者はそういった。

彼は義眼をきらりと光らせた。それから人工声帯から出るかん高い声で史上最大の機械人間としての誇りに満ち、彼はこういったのである。

「何をいうのかね、君。これは入れ歯じゃよ」

ベルト・ウェーの女

東行きV64号ハイウエーは、都市の中心を縦断し、ムービング・ロードのコントロール・センターに到達している。少しのうねりもなく、一直線に伸びたベルト・ウエーのかなたは、今、朝もやにかすんで、さだかではなかった。

午前七時。

この時間のV64号ベルトの利用者はほとんどが道路局コントロール・センターの事務員だった。そしてイズミもその一人である。彼の職場での担当は苦情処理だったが、ほとんどの苦情は電子頭脳から直接各局の技術部修理班へ回送されるため、イズミが直接調査し世話をやく必要の起こることはまれだった。彼はただ、他の職員同様、この時間に出勤し、何となく書類の整理やおしゃべりに一日を費やして、定刻に退勤するだけである。

二十一世紀後半に入ると、都心部のベルト・ウエーは急速に発達した。最初国道に建設されたころのそれは、逆方向に一定の速度で走る二本のベルトが並んでいるだけであった。都市への車輛《しゃりょう》の乗り入れが禁止され、自動車産業が崩壊したころから、道路はすべて立体交差となり、何十本かのベルトが同一方向へ道路の中央部のものほど早い速度で、両端のベルトはごくゆるい速度で走るようになった。ベルトは各速度によって色分けされていた。

さらに技術は進歩し、道路はもはや幅を持つベルトではなく、何万本かの靭帯状《じんたいじょう》の筋の集合と変わった。ちょっと見たところ、道路全体は一本のベルトの流れのようだが、その鉱物性繊維の一本一本の速度はすこしずつ異なり、中央部へゆくほど速くなっているのだ。道路局に勤めているイズミにさえ、この二十一世紀文明の極致ともいえる繊維道路の原理だけは、何度説明されてもわからなかった。

西行きのハイウエーと立体交差する地点に近づくと、イズミはわざと、道路端の遅い部分へと歩いて移動した。以前のように速度の異なるベルトに飛び移って転倒するような心配はなくなっている。

道路の右端、時速十キロメートルというもっとも緩速度の場所に、イズミは立った。立体交差地点が、しだいに近づいてくる。彼には目的があったのだ。

何十階という高層建築の林立する間を、西行きV32号ハイウエーがつっ走ってきていて、イズミの立つハイウエーの下をくぐり抜け、細長いXの字型に交差しているその地点で、イズミは目をこらし、何メートルか下の道路をながめた。

やはり、彼女はいた。いつもと同じ、白い防風圧コートを着て、時速五十キロメートルの、やや中央部に近い部分に立っている。漆黒の髪が長くうしろになびき、やや青白いその顔に、くちびるだけがぽつんと赤い。まゆは神経質そうに、こころもち、しかめられていた。

だが一瞬、彼女の姿はイズミの足下に消えてしまった。いつも、そうだった。毎日毎日、そうなのだ。彼女の名も、職業も、地位も、住んでいるところも、何もわからないのである。第一彼女は、イズミという男の存在さえ知らない。

そう。イズミは、彼女に関心を抱いていた。

最初ひと目見て、彼女の持つふんいきの異様さに打たれた。彼女はもちろん美しくはあったが、とび抜けて美人というほどではない。どうして彼女にひかれるのか、イズミには自分の気持ちがよくわからなかった。イズミはそれまで、どんな女性にもあまり関心を抱いていなかったのである。

イズミは二十五歳。若かった。

「これは恋だ」

彼はそう思った。

彼女の持つふんいきというのは、優雅で、そしていくぶん古風な感じのものだった。そしてそれが、現代では得がたいものだと思えば思うほど、イズミは、彼女への慕情がつのるのを感じるのだった。

自分の存在を彼女に告げる方法を、イズミは何度も考えた。手紙を書き、彼女の前へ落としてみようかとも思った。しかし、風がどこかへ吹きとばしてしまうだろうし、第一、ハイウエーからは、たとえ紙くずであっても投げることは禁止されていて、見つかると厳罰に処せられる。

大声で呼びかけてみたことも二、三度あった。だが効果はなかった。彼の声は風でうしろへはね返され、彼女は顔をあげようともしなかったのだ。

職場でも、彼女のことを考え続けた。考える時間はいくらでもあった。二十一世紀のサラリーマン生活は、二十世紀におけるそれ以上に退屈なものになっていた。事務機械化はより高度になり、人間たちはただ、生活の目的を見失わないためにだけ、過去の、通勤という習慣を続けていたのである。人間というのは寂しがり屋の生きもので、団体生活や社交の場がないと、自信を喪失してしまう。勤務先などというものは、この時代の人間にとっては、すでに、自分の存在を確かめ、そのなかに自分の位置を見出《みいだ》して安心するための、原始共同体における集会場のようなものにすぎなくなってしまっていた。ふしぎにも、そういった拘束時間のなかでの自由さが、かえって創造的アイデアを生み出したりして、けっして文明の進歩を停滞させる結果にはならなかったのである。イズミもまた、この一見無意味な自由時間のおかげで、片思いの相手をつきとめる方法を考えついたのだった。

「そうだ。写真を撮ればいい！」

立体交差地点で彼女の写真を撮影し、それを市民局へ持ちこんで、市民リストにはられた登録写真に、照合してもらえばいいではないか！

イズミはこの思いつきにおどりあがった。

——だが、待てよ？　この都市の登録市民は、たしか八、〇〇〇万と聞いている。女が半数として四、〇〇〇万人だ。市民局が、たった一枚の写真をもとにして、四、〇〇〇万枚ものファイルを調べてくれるだろうか？　そう考えてイズミは、ちょっと心配になった。市民局の窓口の、ぶっきらぼうな係員の応対ぶりは定評がある。それを思うとげっそりした。

やれやれ、この合理化された大都市のなかでは恋愛さえ挫折《ざせつ》する運命にあるのか——イズミは悲しくなった。恋する相手の所在さえつきとめられない。昔のように、あとを追おうとしても、高速道路の立体交差地点では、逆方向に移ろうとしたって数分はかかってしまう。そう思って悲観しながらも、イズミは、会社を一日休んで、彼女の通る時間にそのベルトの横で待ち伏せするという、いともかんたんな方法を思いつかなかったのである。無意味な勤務時間を、自分のもっとも重要な時間だと思っているのは、二十世紀のサラリーマンだけとは限っていなかったのである。

「やはり、写真を盗み撮りするほか、ないな」

さいわい、市民局には知人がいる。役所同士のなれあいを利用して、何とか頼みこんでみよう。そう決心したイズミは、翌朝、小型の立体カメラを肩からぶらさげて出勤した。

七時きっかりに、居住群区独身男性小区の各戸口に通じている、ベルト・ウエーの引込線に飛び乗ると、立体交差地点には七時十三分に着く。彼女が通る時間だ。

イズミはいつものように、道路の右端に立つと、立体カメラを構えた。

彼女はやってきた。ほっそりした身体がファインダーにおさまると、イズミは彼女が視界から消えるまでの十秒間に、四十五回シャッターを押した。撮影の腕には自信があった。

出社するとすぐに、三次元高感度フィルムを、瞬間現像機にかけた。自分の机に向って、タバコを一本すう間に、彼の前にはつぎつぎと、立体写真ボックスが四十五個、積みあげられた。どれも、よく撮れていたのでイズミは安心した。髪の色、くちびるの色も、正確に再現されている。余計な背景や、横の人物など、ちゃんとはぶかれていた。

さっそくイズミは、市民局の知人にビジフォーンをかけた。机の上の、携帯テレビよりやや小さいスクリーンに、サクマの顔があらわれた。

「やあ、何だ君か？　どうした？」

「頼みたいことがある」

「いってみろよ。何だ」

「ちょっとやっかいなんだ。女の住所、年齢、職業などを調べてほしいんだ。この都市の市民だと思う。ファイルをさがしてくれ」

「いいとも。名前は？」

「それも、わからないんだ」

「何だって？」

彼はあきれて、イズミをながめた。

「名前もわからないのか？　じゃあ、どうやって調べろというんだ？」

「めんどうだが、写真で調べてくれないか。何千万枚かのなかの一枚だから、大変だろうとは思うが……」

「君はその女を、撮影したのか？」

「ああ」

イズミは、写真ボックスのひとつをとり、スクリーンに向けて開いた。

「これだ」

「なるほど」

サクマはスクリーンのなかから、彼女の写真をじっと見つめた。

「変わった女だな」

そういってから、ニヤリと笑った。

「見そめたってわけか？」

「早くいえばそうだ」

イズミはてれくさそうに早口でいった。

「どうだ？　こんな写真でわかるか？　よかったら、今すぐ立体電送器でそちらへ送るが……」

「君はその女を見つけたら、同棲《どうせい》申告をするつもりか？」

「そうだ」

同棲申告は、ある一定期間に男女が同棲する許可を求めるという制度である。結婚というものは、なくなっていた。これはもともと優生学的な立場から生まれた制度であり、この時代では、厳密に精選された上での人工受精以外の妊娠は、認められなくなっていた。男女の生活はたんに孤独をまぎらす、遊戯的なものになっているから、同棲期間内は避妊手術を受けなければならない。また、人工受精によって生まれた子どもは、産後すぐに育児センターに預けられて、理想的な教育を受けるから、母には養育の義務はないわけだし、子どもは一生、母を知らずに過ごすことも多いのである。

サクマは、冷かすような笑いかたをしていった。

「紹介所のあっせんする女でないと、同棲はむずかしいぞ」

「紹介された女なんかに、ろくなのはいないさ」

イズミはいきまいた。

「だってイズミ、紹介所なら君にふさわしい年齢、階級の女を選んでくれるけど、その女はひょっとすると、九十歳かもしれんし、百歳を越しているかもしれん。今の人間はみな長生きするし、美容術が発達していて、百歳のおばあちゃんで十七、八歳の少女みたいに見えることがある。よした方がよくないか？　冒険だぞ」

「かまわん」

イズミはいらいらして、首を左右に振った。

「彼女の年齢が、たとえ何歳でも、僕はかまわないんだ」

「それはまた思いつめたものだな」

サクマは、ちょっと心配そうな顔をした。

「最近、君みたいなケースはすくないのだが」

「すくなかろうと多かろうと、僕の知ったことじゃない」

イズミは、身を乗りだしてたずねた。

「じゃ、調べてくれるんだな」

「ああ。調べてやろう」

「だいぶ、かかるだろうな？　何日ぐらいかかる？」

「何日だって？　そんなにかかるものか。五分でできる」

「五分だって？」

イズミは驚いた。

「そんな短時間で、四、〇〇〇万枚ものファイルと、照合できるのか？」

サクマは笑った。

「君の役所では、書類の整理を、いったい何にやらしてるんだ？」

「電子頭脳だ」

そういってから、イズミはやっと気がついた。

「そうか。君の所でも資料を電子頭脳に記憶させているのか」

「そうとも。だから、ほんのちょっと待っているうちに回答が出てくる」

「じゃ、頼むよ」

いったんビジフォーンを切り、写真を電送器にかけ、しばらく待っていると、五分もしないうちに呼び出しのブザーが鳴った。

「わかったか？」

スクリーンにサクマの顔があらわれるなり、イズミはかみつくように怒鳴った。

「ああ、わかったことはわかったが……」

サクマは悲しそうな顔をしていた。

「教えてくれ！　あの女の名は？　住んでいるところは？　年齢は」

「イズミ……」

サクマはしゃべりにくそうにセキばらいをした。

「あの女は、あきらめろ。やめたほうがいい」

「なぜだ！」

イズミは思わず、あたりの職員がびっくりして彼を見たほどの大声をあげた。

「どうして、だめなんだ」

「資料を見たんだ。このカードがそうだ。これによると、彼女の持つ遺伝子の染色体記号は……」

彼は手に持ったカードを読みあげた。

「V32×WM89・X95×Y21なんだ」

「それが、どうしたんだ？」

「僕は念のために、君のカードを調べたんだ。君は自分の染色体記号を知っているか？」

「そんなものは、知らん！」

「教えてやろう」サクマはもう一枚のカードをとりあげて読んだ。

「V32×WM107・X95×YZ50だ」

「それがどうした？」

「よく聞け、君の染色体と彼女の染色体は、すごく似ているだろう」

「そりゃあ、なるほど似ている」イズミはうなずいた。

「君のいいたいのは、優生学的にみて、もし子どもが生まれたら、その子どもに悪い影響があたえられるというんだろう」

「まあ……それはもちろん、そうだが……」

「だけどそんなこと関係ないじゃないか！」

イズミはいらいらして、机を握りこぶしでたたいた。

「同棲期間中は、避妊手術を受けているんだから、子どもなんか、生まれるはずがないじゃないか！」

「いや、実は、それ以前の問題なんだ」

サクマは困り果てた顔でイズミを気の毒そうに見、そしていった。

「似ているどころじゃない。遺伝因子の半数以上が同種類だ。こんなことは、めったにあるものじゃない。そのうえ彼女の年齢は五十二歳だった。つまりだな、彼女は君の一番の近親、いいかえれば、おかあさんなんだよ」

火星にきた男

「おや、もう朝になったのか」

クリタ氏は、二階の寝室の自分のベッドで、気持ちよく目をさました。温度調整装置が活動しつづけていて、部屋のなかは暖かく、地球の朝と、すこしも違わない。

「そうそう、今日はおいのアキラが、地球からやってくる日だったな」

クリタ氏は起きて着替えをした。気持ちのいい——ほんとに気持ちのいい朝だ。火星の自転周期は約二十四時間半、自転軸の傾きは二十四度だから、地球とよく似た一日の長さを持ち、そしてこの世界にも、一年の間には、春夏秋冬の区別がある。今は春だった。

窓から外を見ると、透明の保温ドームによって、火星の0℃という寒さと、表面気圧80ミリバールという稀薄《きはく》な大気から守られた、火星の町のなごやかなたたずまいが目に映った。ドーム越しに空を見ると、そこには衛星フォボスがぽっかりと浮かんでいる。やはり大気が稀薄なために、地勢まではっきりと見える。火星の大気中にふくまれている酸素や水蒸気の量は、地球大気の一、〇〇〇分の一以下だ。その上、フォボスまでの距離は、地球——月間が近地点で三十六万キロメートルなのにたいし、わずか九、二八〇キロメートルである。だから、すごくはっきりと見える。

クリタ氏は満足そうにため息をもらし、部屋着をひっかけると寝室から出て、階下への広い階段をゆっくりと降りた。ホールには、下男のフライデーがいた。クリタ氏は彼に声をかけた。

「おい、フライデー」

「これはだんなさま。もう早、お目ざめでございますか？」

「気持ちがいいから、早く目がさめた。ところでエア・ポートから電話はあったか？」

「は？　エア・ポートと申しますと？」

フライデーは、首をかしげた。

「飛行場からでございますか？」

「バカだな、お前は……」

クリタ氏は顔をしかめ、首を左右に振った。

「お前は、わたしたちといっしょにここへ来てから何年になるのだ？　火星に飛行場など、あるものか。宇宙空港のことだ。今日はおいのアキラが地球からやってくる。空港へつき次第、電話をしてくるはずだ」

フライデーは、安心したような笑顔を見せた。

「ああ、坊ちゃまからでしたら、さきほどお電話がございました。もう、おっつけここへお見えになることと思います」

「何？　何？　何だと？」

クリタ氏はすこしあわてた。

「バカっ、ど、どうしてもっと早く、わしを起こさなかったのじゃ。こりゃ、こうしてはおれんぞ！　おい、ヨシコ！　ヨシコ！」

クリタ氏は、夫人の名を呼びながら、奥の部屋へ入っていった。そのうしろ姿を見おくり、フライデーは、気の毒そうな表情で、首をゆっくりと左右に振った。

やがて、クリタ氏のおいのアキラが、この家を訪れ、クリタ氏と、その夫人は玄関で両手をひろげ、彼を迎えた。

「おお、アキラ。よく来たな」

手をとらんばかりにして、おいをソファに掛けさせたクリタ氏は、あいさつもそこそこに、さっそくたずねはじめた。

「ところで、地球のようすはどうかね？」

アキラは、すこしとまどった顔つきで、正面のクリタ氏の隣に腰をおろしているヨシコ夫人をうかがった。夫人は、そっとアキラにうなずいた。アキラは、ゆっくりと話しはじめた。

「あいかわらずですよ、おじさん。都会はもう、人口過剰で、満員です。交通事故はふえる一方だし、政治はむちゃくちゃ、町には失業者がいっぱいです」

「そうだろう。そうだろう」

クリタ氏は、得意そうにいった。

「やはりわしには、先見の明があったな。お前も、もっと早く火星にくればよかったのじゃ。第一次火星植民団に参加したおかげで、わしなど、見なさい、この年で、こんなに元気なのじゃ」

「ほんとうに、お元気そうで、何よりです」

「地球は、都市計画がなっとらん」

クリタ氏は、鼻たかだかで、いった。

「人口は都会へ集中する。低い所へ水が集まるみたいに人間が流れこみ、町の中心部は貧民窟《ひんみんくつ》になっとる。高層化防止の規制法も何のその、建物の上に建物をつみあげ、道路の上まで建物ができとる。太陽灯があっても、あまり役に立たん。その上、地盤沈下でどんどん埋まっていく。地下五十階で住んでる奴などいいつらの皮じゃ。わしゃ、あんなところへは、二度ともどりたくないね。ああ、もどらないよ」

「まったくです」

「それにくらべ、ここはほんとうに住みよいところだ」

クリタ氏は、窓外の都市を指さしながらいった。

「まるで、古いよい時代の地球そっくりじゃ。酸素供給装置が、ひっきりなしに新しい、うまい空気を送りこんでくれる。加重力装置があるから、体が軽くなりすぎて困るということもない。植物も豊富だ。じつに快適な町じゃ」

「ほんとうですね」

「ところで」

クリタ氏はおいのほうに身をのり出してたずねた。

「お前もこれからは、ここで暮らすんだろうな？　もう、地球へは帰らんのじゃろう」

「それが……」

アキラはすこし困ったようすで、首筋をかいた。

「やはり帰らなければなりません。仕事がありますし、それに……」

「仕事など、ここにだってある」

クリタ氏はあわてていった。

「あんなとこへもどって、寿命をちぢめることはない」

せきこんで話したので、持病のぜんそくの発作が起こり、クリタ氏ははげしい咳《せき》をしはじめた。ヨシコ夫人は、夫の背中をさすりながらいった。

「すこしお休みになったら？　一度にたくさん話をなさっちゃ、いけないのよ。アキラさんは、まだ当分ここにいるのだから、あわてて話をすることもなし……そうでしょ？　アキラさん」

夫人はアキラを見た。アキラはあわてていった。

「え、ええ。そうですとも」

「では、ちょっと休ませてもらおうかな」

クリタ氏は、またせきこみながら、やってきたフライデーに支えられて、二階への階段をのぼっていった。

その姿を見送ってから、アキラはヨシコ夫人のほうに向きなおってたずねた。

「どうなんですか？　おじさんの病気は」

夫人はちょっと肩をすくめていった。

「ごらんのとおりよ。すこしずつよくなってはいるらしいけど、まだまだ……」

夫人は何かを思い出してクスクス笑った。

「何がおかしいのです」

「だってね」

夫人は窓ごしに見える、スーパー・マーケットのアドバルーンをさしていった。

「あの人ったら、あの風船を、火星の衛星フォボスだと思ってるのよ」

そのとき、突然、屋外ですごい音がした。夫人とアキラが、おどろいて窓から道路を見ると、激しい速度で走ってきた二台のエア・カーが、家のすぐ前で衝突したのだった。

交通事故になれている夫人とアキラは、すぐに窓ぎわを離れた。

二階から、旧式のライフル銃を抱きしめて、クリタ氏が駆けおりてきた。彼は大声で叫んだ。

「火星人だ！　火星人が攻めてきたのだ！　みんな、戦争の準備をしろ！　フライデー！　フライデーはどこだ」

「ここです。だんなさま！」

フライデーが走り出てきた。

「フライデー！　何をしとる！　すぐに熱線銃を持ってこい。あのタコの化けものなんかに、やられてたまるか！」

「は、はい！」

フライデーはすぐさま、奥の部屋へ走っていった。クリタ氏がそのまま、屋外へ駆け出ようとしたので、夫人はあわてて夫を追い、玄関の手前で、やっとひき止めた。

「あなた！　あれは火星人なんかじゃないわ！　車が衝突した音よ。交通事故なのよ！　出ないで！」

「うそだ！　うそをつけ！」

クリタ氏はわめきちらした。白目の部分に血が浮かび、目尻《めじり》がつりあがっていた。

「火星で、交通事故なんか起こるはずがない！　あれは火星人の襲撃だ！　奴らが、この都市のドームのどこかを破壊したのだ！」

「ちがうったら……」

クリタ氏は夫人の手をふり切って、外へとび出した。やがて彼は、外で衝突現場を見たらしく、何かわけのわからないことをブツブツつぶやきながら引き返してきた。そして、そのまま、おとなしく二階へ上がっていった。

クリタ氏を見送り、夫人はほっと嘆息した。アキラは、彼女をどういって慰めていいか、わからなかった。

「あんなに病気がひどいとは、思っていませんでした」

夫人はふたたびソファに腰をおろして、アキラに話しはじめた。

「あなたは、クリタの病気の一部始終を、ご存じなの？」

「くわしいことは、知りません」

「わたしたちが結婚したころ、あの人は宇宙船パイロット養成機関の、メンバーの一人でした――。でも、それはご存じですわね」

「はい」

「そのころは次つぎと月ロケットが発射され、しだいに大きな成功をおさめていました。でも、月には人間は住めません。あまりにも環境がひどすぎますものね。政府は火星ロケットを研究していました。無人ロケットの実験は成功でした。今に火星へ行ける日がくる——あの人は、そういって、胸をおどらせていました」

「でも、おじさんは、どうしてそんなに火星に行きたかったんでしょう？」

「わたしには理解できないことですけど、男の人には、そういう気持ちがあるんでしょうね。ことにあの人は、以前から地球をいやがっていました。都会の喧騒《けんそう》を、汚れた大気を、複雑でうっとうしい人間関係を——」

「なるほど。わかるような気もしますが……」

「火星行きが実現すれば、まっ先に行くのは自分だ——あの人は、ずっと、そういっていました。訓練にも、人一倍熱心でした。ところが、やっと最初の実験飛行がおこなわれることになったとき、あの人は人選にもれたのです」

「どうしてですか？」

「年をとりすぎていたからです。政府の計画と宇宙船の建造は、思ったよりずっと時間がかかったのです。その時あの人は、四十歳でした」

「……」

「でも、その時はまだあの人は、希望を失いませんでした。やがていつかは、火星に基地が作られ、植民地が開拓される。そうなれば、移民団第一号に加わればいい――でも、火星基地の建設は、遅々としてはかどりませんでした。やっと移住民団が組織されることになったのは、それからさらに十年――あの人が五十歳をすぎ、持病のぜんそくに苦しめられ始めたころだったのです。あの人は、わたしたちもいっしょに火星へつれていくつもりでした。だけどあの人は移民を拒否されました。もう老人でしたし、病気を持っていたからです。おそらく、宇宙船発進の際の加重力に耐えられないだろうというのが医師の診断でした。そのころからですわ、あの人の気が変になり出したのは……」

「……」

「あなたも、あの人に、ここが地球だってこと、いわないでね。あの人は、自分がまだ地球にいるということに耐えきれず、正気を失ったのですわ。わたしたちは、そのころはまだ静かだった、この山の上の高原地帯へ、あの人を静養させるために、つれてきました。ここは大気が稀薄《きはく》で植物の色も赤茶け、何となく火星に似ていました。あの人が、火星に来たのだと思いこんだのも、無理はなかったと思います。わたしたちは、できるだけあの人に、調子をあわせるようにしています。ほんとに、あの人はかわいそうな人なんです」

ヨシコ夫人の目に、光るものがあった。

「でも近ごろは、こんなところにまで人が押しよせ、とうとう都会みたいになってしまいました。ビルが立ち、商店がつぎつぎとメインストリートに並んで……でも、あの人は喜んでいますわ。植民地の人口がふえるのは火星のためにいいことなんですって……」

アキラは何もいえず、だまってうなずいた。夫人は、アキラに微笑みかけた。

「やってきたばかりの人に、こんな話をして悪かったわね。さあ、ながい旅で疲れたでしょう。あなたの部屋は、二階に用意してあるわ。主人の隣の部屋よ」

「じゃあ、お言葉に甘えて」アキラは立ちあがった。

彼のために用意された部屋の隣の浴室で、旅の疲れを流し、ベッドに横になってホッとひと息ついていると、ガウンを羽おったクリタ氏が入ってきた。

「やあ、この町のいでたちは、どうかね？」

「はあ……」

あわてて立ちあがったアキラが、しばらく口ごもっていると、クリタ氏は意味ありげな目つきで彼を見て、静かにいった。

「家内は、わたしのことを、気が違っているといったろう？」

「ええッ？」クリタ氏は嘆息していった。

「あれも可哀そうな女だ。いつからあれの気が変になったのかは知らんが、彼女はいまだに、ここが地球だと思っとるのじゃよ。火星への植民団に加わることになったとき、いちばんいやがったのも、あれだった。地球を離れたくなかったのじゃ。どうして、あんなごみごみしたところに、しがみついていたいのか、わしには理解できんがね。火星に来てからも、彼女は、自分が地球から離れていることをなっとくしようとしない。わしが、口をすっぱくして、ここが火星だということを説明してやると、今度は、わしの気が違っていると他の人たちにいいふらし始めた。困ったものじゃよ。でもまあ、仕方がない。そこが男と女の違うところなんじゃろうな」

差別

「たのむよ、おじさん、ママが死にそうなんだ！」

ロロは泣きそうな声を出していた。主人はカウンター越しに小さなロロを横目でながめた。口のあたりに薄笑いが浮かんでいた。

「ふん。帰りなよ、黒ん坊。この店じゃな、黒ん坊に薬は売れねえんだ」

そういうと、小気味よさそうに唇の端をめくりあげ、とがった犬歯を見せて笑った。

「どこへ行っても売ってくれないんだよ。このお店で五軒目なんだ。もうお家からだいぶ遠くなっちゃった。あああ、こんなことしているうちに、もうママ死んじゃってるかもしれないなあ！　たのむよ、おじさん！　ほら、このお金、僕のお金も全部あげるからさあ！」

　ロロは泣いていた。黒目がちの瞳から涙をぽろぽろこぼしながら、カウンターの端をしっかり握っていた。

　主人は、自分がロロに同情しはじめたのを知って、あわてて黒ん坊全体への憎しみをかきたてた。目をむき、大きな耳をピクリと動かすと、ロロにどなった。

「いいか小僧！　よく聞けよ。お前たち黒ん坊が町にいるとな、町がくさくなってしかたがねえんだ！　ドブくさくなるんだ！　町中が汚れるんだ！　わかったか！　お前たちは死んじまった方が町のためなんだぞ。薬だと。冗談じゃない。お前たちに売ってやれる薬はな、せいぜいネコイラズくらいのもんだ。お前のおふくろのことなど、おれの知ったことじゃねえや」

ロロのとがった唇が顫《ふる》えた。ほおが歪《ゆが》み、彼は主人に大声でどなった。

「おじさんは鬼だ！」

「何だと？」

主人の顔色が変わった。大きな掌《てのひら》でバタンとカウンターを叩《たた》いた。

ロロは恐ろしさに顫えながら、顔を涙でぐしゃぐしゃに光らせ、せいいっぱいの声でどなった。

「鬼！　悪魔！　もしママが死んだら、ママを殺したのはおじさんだ！」

主人は蒼白《そうはく》になりながらカウンターをまわり、ロロを捕えようとした。

「小僧！　黙らんか」

しかしロロはすでに大通りへとび出していた。彼は外から、町中へひびきわたるような声でどなった。

「鬼！　悪魔！　白ん坊はみんな悪魔だ！　白ん坊の悪魔！」

「何だと？」

「何だ何だ！」

あたりの店先から、バラバラと皆がとびだしてきた。

家のなかは小さく、暗く、よごれていた。土壁にひとつだけある窓から細い光線がさしこんできて、母親の寝ているワラ布団を浮きあがらせていた。母親はやせ細り、寒さに始終身体を顫わせていた。その傍でじっとうずくまっていた父親が、帰ってきたロロを見て思わず叫んだ。

「どうした、その顔は何だ！　血まみれじゃないか！」

ロロはワッと泣きだした。父親のひざに顔をうずめた。父親はうめくように呟《つぶや》いた。

「そうか。白ん坊のやつらだな……」

母親はゆっくりと腕をのばし、やさしくロロの肩に手をおいた。

「ごめんなさい……。おかあさん。お薬、買えなかったの。どこでも売ってくれないんだ……」

「畜生！」

父親が爆発したように立ちあがった。目が血走っていた。

「やつらとおれたち！　どう違うっていうんだ！　黒いか白いかの違いだけじゃないか！　弱いものいじめばかりしやがって！　今に見ていろ。きっと貴様たちを、ひどいめにあわせてやるからな！　もうすぐだ。今に革命を起こしてやるぞ！」

父親は黒い腕を目の前に曲げて突き出し、歯をむいてふりまわした。ロロは不思議そうな顔をして父親を見あげた。

「カクメイ？　カクメイって何？　おとうさん」

父親は掌をロロの頭の上においていった。

「ロロ。われわれと白ん坊とはな、ずっと昔からの敵同士なんだ。やつらはおれたちをいじめぬいてきやがった。すべてのことに差別をして町から、職場から、学校から追い出そうとしやがるんだ。今こそ、何十年も続いたこの対立を、打ち切りにしなくちゃいけないんだ。いや、何十年どころじゃない。何万年、何十万年も前からの対立なんだ！」

ロロは驚いていった。

「何十万年だって？　そんな昔にも、白ん坊と黒ん坊がいたの？」

父親は、ながいしっぽをくるりと振ってロロの肩においた。

「そうとも、ロロ。そのころ生きていた人間という動物にも白ん坊と黒ん坊がいて、争い続けていたんだよ。人間が戦争で滅亡すると、いちばん繁殖力の大きい、そして社会性を持った高等動物として、ネズミが地球を支配するようになったのさ。今や地球は、ネズミ算式にふえたネズミでいっぱいになり、ネズミ文化が繁栄している。昔、人口問題があったように、今は鼠口問題の解決が叫ばれている。ネズミの世界がそんなに発展しても、黒白の対立はまだわれわれドブネズミと、ダイコクネズミとの間に続いているのさ」

到着

とつぜん地球が、なんの前ぶれもなく「ペチャッ」という音をたてて潰《つぶ》れた。
太陽も「ペチャッ」という音をたてて潰れた。
月も土星も、他の恒星群の星々も、「ペチャッ」という音をたてて潰れた。
宇宙のあらゆる星が、いっせいに「ペチャッ」という音をたてて潰れた。
今まで、一団となって落ちていたのだ。

遊民の街

朝は、やっぱり七時に目がさめた。

電光タイム・サインが七・〇〇ＡＭを示し、セットしておいたステレオフォニックが、スイングの古典的名演奏『朝日のごとくさわやかに』を流しはじめる。暗かった寝室には、太陽光線もどきのバラ色の照明があふれた。眠っているあいだ、市街区全体に満ちている人工照明を遮断していた高分子有機ガラスが、タイム・サインと同調して光を通してきたのである。

人工照明で昼夜の区別がなくなっても、昼は働き、夜は眠るというパターンは、大幅には変わらなかった。二十万年ものパターンは、生活態度に革命を起こせないようにしてしまっていた。生物はみな自然の法則に支配されたままだった。

起きあがると、僕は、小さなサン・ルームへ行き、軽く体操した。サラリーマンは健康が第一だ。ひと汗かいてシャワーを浴びる。それから新しい下着に着かえた。不織布の下着はタダみたいに安いから、毎日着かえて使い捨てた。

それから朝食。

全栄養食品をひとかけら。うまくもなんともない。一合の人工牛乳で流しこむ。

「早く結婚したいなあ」

僕はまた、そう思った。

「早く結婚して、女房に味噌汁《みそしる》を作らせたい……」

金さえ出せば、うまいものはいくらでも食える世のなかだ。でもやっぱり、いつの時代になっても漬物や味噌汁のうまさに変わりはない。といっても、天然の食物はすごく高いから、魚の干物《ひもの》などは貴重品だ。肉類もそうだ。考えてみれば豚肉でも牛肉でも、体内で分解されてしまえば同じアミノ酸なのだから、合成食品だってかまわないのだが、食欲という奴は、そううまくなっとくさせてしまうわけにはいかない。

八時に部屋を出る。

僕は通勤にはモノレールを利用している。会社まで約十分。もちろん定員制だから、楽にすわれる。居住区により、エアバスを利用するもの、自家用車で通うもの、さまざまだが、モノレールがいちばん経済的で安全だ。

今日は僕の、はじめての給料日だ。ずっと前から、最初の給料で高周波無輪自動車を買おうと思っていた。だが最近、その考えが変わってきた。早く結婚したくなったのである。もちろん、車を買ったって、それは旅行用だ。通勤には、時速四五〇キロメートルでハイウエーを走る必要はない。

会社での仕事は、十分の九までは会議だ。事務系統の仕事で、機械に変わり得るものはすべて変わってしまっている。人間にしても、エグゼクチブやスタッフだけで、ラインはなくなっていた。会社で、機械の操作をするごく少数の人間、修理をするさらに少数の人間を除けば、残りはわれわれミーティング・マン数十人だけである。

会議のスケジュールは、ぎっしりとつまっていた。われわれ専門教育を受けた人間は少数だから、死ぬほど忙しい。コミュニケーションの発達で、データは非常にたくさん集まる。その詳細なデータが電子計算機にかけられ、分析される。もっとも電子計算機が分析したものをいかに結論づけるか、どんな新しい方向を与えるかを決定するのは人間である。

会議室の壁にずらりと並んだビデオフォーンは、全国各地の駐在員、工場責任者などを、ボタンひとつで呼び出すことができる。会議の内容は、自動音声タイプライターによってカード化され、分類されてゆく。だから会議はきわめて能率的である。会議の出席者は老人が多い。最高が九十二歳、最年少は僕で四十三歳だ。

成人病が解決されて以来、平均寿命が一二〇歳になった。一八〇歳まで生きた人もいる。人生五十年といわれていたころは、大学を卒業するまでの修養期間が約二十五年で、人生の半分だった。あとの半分が社会奉仕の期間だった。今では技術の進歩がものすごく早いから、専門家になるための教育期間は四十年。一般の定年は八十歳である。だが、たいていは五、六回落第するから、本当の意味で一人前になるのは四十

五、六歳だ。四十三歳で職についた僕などは、秀才の部に属するわけだ。そのくらい勉強しないと科学時代のいろいろな新知識は吸収できないのである。普通は結婚するのも四十六、七歳だ。

会議は午前中に終った。

給料が出た。通信カプセルが、デスクの横へ小切手を運んできた。額面は、高周波無輪自動車の最高級品が一台買えて、まだ少々お釣りがくる程度だ。

しばらく考えた末、やはり自動車を買わないで貯金することにした。早く金を貯めて、早く結婚しないと、歳をとってしまう。若いうちに結婚すれば、やはり若い女房をもらえる可能性が多いからだということもある。

取引銀行へ直送するため、カプセルに小切手を入れなおしていると、ゴトリと音がして、デスクの横に、もうひとつ通信カプセルがやってきた。カプセルを開いてなかをのぞき、僕はおどろいた。

それにもまた、小切手が入っていたのだ。しかも額面は、給料の三倍半!

「なんだ、これは？　だれかの給料が、まちがえて僕のところへ運ばれてきたんだろうか」

僕の給料の三倍半もの所得者といえば、七十歳を越した高齢者で、重役級の人たちだ。しかし電子頭脳ともあろうものが、こんな重大なまちがいを犯すはずがない。

小切手といっしょに、カプセルの中に入っていた書類をひと目見て、僕は悲鳴をあげた。

「退職金。勤続年限一か月。三・五か月分」

退職だって！　クビじゃないか！　一方的なクビだ！　いったい僕が何をしたというのだ。クビになるような重大な失策は、いちどもやっていないはずだ！

小切手と書類をワシづかみにすると、僕は自分の部屋から廊下へ駆けだした。気が転倒していた――クビになんかされてたまるものか！

社長室へくると、さっき会議に出た連中が僕よりも先に来ていて、ワイワイ騒いでいた。みんな、僕同様、小切手と書類を持って、目を血走らせている。とすると――クビになったのは僕だけじゃないのだ。おかしなことだが、みんなそうなのだ。

「社長これはいったい、どういうことなんですか！」

「説明してください！　説明してください！」

「社員を全部クビにするなんて！　あなたは、気でも違ったのですか！」

今年九十二歳の社長は、みんなのけんまくに押されて、ただオロオロしているだけだった。

「ま、まあ待ってくれたまえ、諸君。わしに文句をいったってしかたがない。これは、わしのしたことじゃないのだ」

「何ですって？」

「じゃあ、だれのしたことだというのです！」

社長は汗をふいた。

「国家の方針なのだ。わしだって、犠牲者なんだよ。見なさい。わしもクビになった」

社長は机の上の小切手と書類をとって、みんなに見せた。一同は、しばらく呆然《ぼうぜん》として、社長の顔をながめた。

「いったい、何が起こったのです？」

「人事改正だ。政府は、十年ほど前から、極秘で天才教育をしていたらしい。現在のわれわれの、教育期間四十年というのは、どう考えても長すぎる。としをとってから結婚するために、子どももあまり生まれず、人口が減少しはじめた。そこであわてた政府は、優生学的な立場に立って、天才同士の結婚を奨励し、その結果生まれた子どもたちを、天才の素質あるものとして、全部集め、大脳に直接知識を植えつけようとする催眠教育を実施した。催眠状態にしておいて、テープで知識を吸収させる方法だ。今年は、その課程を全部終了した一回目の子どもたちが卒業する年だった。その子どもたちをテストした結果、知識、知能、情操、すべてわれわれの約三倍、錯誤率ゼロという驚くべき答が出たというのじゃ！」

「じゃあ、その子どもたちを職につかせるために、われわれは全部、おはらい箱になるんですか！」

「そうだ。そうしたほうが生産率も高まり、国内的にも対海外的にも、すべての点において経済的によい結果が得られるというのじゃ」

「バカな！」僕はたまりかねて、社長の前に進み出た。

「あなたたちはいい！　一般の定年を、はるかに越しているのですからね！　でも、僕なんかはどうなるんです。僕は入社してまだ一か月だ！　僕はまだ働きたい、仕事をしたい！　だいいち、今まで四十年もかかって身につけた知識を、どう使えばいいのです。四十年の教育は、何のためだったのですか！」

　涙がボロボロ出て、とまらなかった。

　社長は僕をなぐさめて、いった。

「でも、われわれだって、われわれ以前の時代の専門家を、職場から追い出した経歴があるんだからね。君も、そう考えて、あきらめてくれたまえ」

　だが、そんなにかんたんに、あきらめることはできなかった。しかし、政府の決定とあれば、どうしようもない。

　以前の専門家たちは、新しく出現した指導者階級、つまり、われわれに椅子を奪われそうになったとき、団結して政府に反抗した。その結果、彼らは捕えられ、人格改造センターへ送られてしまった。僕は、そんなことになりたくなかった。泣く泣く自分の部屋まで帰ってくると、そこにはちゃんと後任者が僕のデスクに腰をおろしていた。僕たちは、そっけなくあいさつをかわした。そして僕は彼に、事務の引き継ぎをした。

彼にたいする憎しみが、ムラムラとわき起こってくるのを、僕は表情や態度にあらわすまいとして苦心した。――どうして、こんな子どもに、職を奪われなければならないんだ！

僕は四十三歳、彼は十歳だ。子どもとはいいながら、彼はたしかに頭がよく、のみ込みも早かった。驚くべきことには、彼は世なれてさえいたのだ。残念ながら太刀打ちできる相手ではなかった。

午後は、悲しみの心をおさえ、居住区に帰った。

一時間ほどすると、重量物運搬車が荷物を引き取りにやってきた。この居住区は、職を持っている人間のためのものだから、失業すれば出ていかなければならない。いく場所も、指定されている。手まわしよく役所から配送管で運ばれてきたカードには、遊民居住区十三番の四十三号とタイプされていた。俗にスラムと呼ばれているところだ。僕はモノレール長距離線に乗り、スラムへと向った。

スラムに住んでいる人たち――それは現在の都市人口の約九十％の人たちである。

生まれつき知能指数が低く、四十年もの教育に耐えきれないだろうとされて、学校へいかせてもらえなかった人たち。教育期間中に、学業についていけず、落伍《らくご》した人たち。職業に、その性質が不適当だった人たち。クビになった人たち。それから、定年で退職した人たち。

遊民居住区の各コンパートメントは、いちおうは居心地よく作られてはいたが、今までいた部屋にくらべると、ずっと見劣りし、小さかった。その上、何よりもまず僕に我慢ができなかったことは、この地域全体を支配している、投げやりな、だらけきった、怠惰なふんいきだった。

「こんなところで、このまま埋もれたくない！　政府の支給金だけで一生を送るなんて、人間の生活じゃない！　何もしないで生きていられるもんじゃないんだ。何かしなくては——何かしなくては！」

僕は二日ほど考え続けた。

ふと、学生時代に、退屈をまぎらすために書いた詩が、友人にほめられたことがあるのを思い出した。

「そうだ！　詩を書こう！　そして本にして、皆に読んでもらおう！」

文学・美術・音楽、それらはみな、遊民居住区の人たちの仕事ではないか！

僕はさっそく、昔書いた詩の原稿をかき集めると、すぐに出版社に向った。

出版社も、遊民居住区のなかにあった。その建物のなかにいる人たちは、みんな一〇〇歳を越した老人ばかりで、見たところ、何も仕事をせず、暇をもてあましているといったようすだった。出版社の社長という高齢の老人に僕は会った。

「暇そうですね」僕がいうと、彼はものうげにうなずいた。

「本の需要が少ないのでね。みんな、立体テレビばかり見ていて、本を読もうという人など、めったにいない。テレビといっても、白痴番組ばかりだ。タレントにしたって、学校にもいかせてもらえなかったような、白痴の若者ばかりなんだものな。ところで、どんなご用です？」僕は詩の原稿を、ドサッと彼の机の上に置いた。

「詩の本を出してほしいのです」

社長は僕をじろじろ眺めてから、いった。

「詩集なんて、とても出せないよ、君。ここには詩人がどのくらいいると思う？　詩の専門学校を卒業した人間が十八万人だ！　見たところ、君は本職の詩人じゃなさそうだし」

「詩の学校ですって？」僕は、あきれていった。

「そんなものが、あったのですか！」

「あるとも。そこを卒業していなけりゃ、詩集なんて出してやれないよ。その学校の講座を、全部受けていないかぎりはね」

「それは、どんなことをするんですか？」

「詩の歴史を十年、韻律学を十二年、叙事詩論五年、叙情詩論八年、実習十年、つまり合計四十五年間の講義を受けた上、及第率〇・五％の試験を受ける。それを通過すれば、あとは腕次第さ。だがとにかく、詩の本は一年に一冊しか出ない。それを他の十八万人の詩人と争って、よい原稿を作らなければならないのだ。どうだ、やってみるかね？」

無人警察

その日の朝、わたしは歩いて出勤した。

エア・カーが故障したわけではない。始終車に乗っていると運動不足になると思ったから、散歩がてら早めにアパートを出たのだ。思えばそれがいけなかった。

オフィス街で、歩いている人間はめったにいない。みんな、自分のエア・カーを乗りまわしている。エア・カーは、エンジンで空気を吸い込み、自動車の底からその空気をふき出してエア・カーテンを作り、それによって車体を三十センチばかり地上から浮かせて走る車だ。小型で、プラスチック製で、安値で買えるから、だれでも乗っている。だから歩道などというものは、とくに車道から区切られてはいない。

わたしは巨大な建物ぞいに、ゆっくりと歩き続けた。わたしの勤めている清掃局は、もう三ブロックばかり歩いたところにあるシティ管理ビルの三十九階だ。商売がらわたしは、道ばたに一定の間隔で立っている下気道を注意しながら歩いた。ゴミ箱と間違えてよくこれに紙クズなどを投げこむ人間が、ごくたまにいるからだ。下水道は、汚水を処理するが、この下気道は、よごれた空気を処理する装置である。これのおかげで、都市にはスモッグやガスが、二十数年前から完全になくなった。それ以前はひどかったらしい。工場が煙突などというものをいっぱい建てて、黒い煙をバカスカ吐き散らしていたという。そのころの人間には、だから鼻毛などというものが生えていて、それが防塵《ぼうじん》の役を果したらしいが、どうやら、あまり効果はなかったらしい。その証拠に、完全保存された二十世紀人の遺体を解剖したら、たいていの肺臓がスモッグでまっ黒けだ。そんな環境のなかで、よくも生き続けたものだ。人間の適応能力も、まんざらではないと思う。

歩きながら、シガレットケースからタバコを出した。吸い口を指でつまんで、さっと空中でひと振りすると、先端に火がつく。ひと息吸ってぷうと煙を吐くと、かたわらの下気道が、それをシュウと吸いこんだ。

下気道と別に、道路のあちこちには酸素供給装置が立っている。これは以前のポストと同じ格好をしている。郵便ポストが街頭からなくなった四年前までは、この装置をポストと間違えて、手紙を投げこむ人間があとを絶たなかった。今でも年寄りがよく投げこむ。ところが、何度投げこんでも酸素といっしょに外へ飛び出してくるので、とうとうかんしゃくを起こして役所へどなりこんだ男がいた。ズレた人間はいつの時代にもいるものだ。

四つ辻《つじ》まで来て、わたしはふと、町かどの街路樹にもたれるようにして立っている交通巡査に目をとめた。もちろん、ロボットである。小型の電子頭脳のほかに、速度検査機、アルコール摂取量探知機、脳波測定機なども内蔵している。歩行者がほとんどないから、この巡査ロボットは、車の交通違反を発見する機能だけをそなえている。速度検査機は速度違反、アルコール摂取量探知機は飲酒運転を取り締まるための装置だ。また、テンカンを起こすおそれのある者が運転していると危険だから、脳波測定機で運転者の脳波を検査する。異常波を出している者は、発作を起こす前に病院へ収容されるのである。

わたしがそのロボット巡査に目をとめた理由は、いつも街頭で見るそれと、すこし違っていたからだった。普通鋼鉄製のボデーがむき出しなのに、このロボットは服を着ていた。その上ボデーも大きく、頭上にはアンテナが八本もついていた。

「新しいタイプのロボットだろうか?」

そう思ってよく見直し、わたしはすぐに昨夜見たマイクロ・テレニュースを思い出した。今日は、新型の巡査ロボットが、試験的に、都市の二、三の街頭にお目見えする日だったのである。こいつは、それに違いなかった。

「妙なかっこうだな」

じろじろと見つめていると、ロボットの方でも、金属的なきしんだ音を立てて、ぐるりとわたしの方へ、その頭を向けなおした。たとえロボットでも、巡査ににらみ返されるというのは、あんまりいい気持ちではない。

「そうだ。この新型は、歩行者の取り締まりもできるのだっけ」

わたしはまた思い出した。

でも、わたしにはテンカンの素質はないはずだし、もちろん酒も飲んでいない。何も悪いことをしたおぼえもないのだ。

このロボットは、何か悪いことをした人間が、自分の罪を気にしていると、その思考波が乱れるから、それをいち早くキャッチして、そいつを警察へつれてゆくという話だった。つれてゆくといっても、手錠をかけるわけでもなければ、腕ずくで引っぱってゆくわけでもない。ただ、どこまでもついてくるのだ。ついて来られる方はたまったものではない。おおぜいの人間に見られるし、かっこうが悪いので、自分から進んで警察へ来てしまうというわけだ。ロボットをこわしてやろうとして、あべこべに刃向ったりすると、その時はじめてこのロボットは、実力を行使する。万力みたいな鋼鉄の腕で、その人間をギュッとつかみ、宙づりにして自由を奪い、警察へ連行する。

どちらにしろ、身におぼえのある人間にとっては、いやな存在だ。

だがわたしには、身におぼえなんか何ひとつない。それなのにロボット巡査はゆっくりと身体の向きを変えると、ガチャリガチャリと重そうな足音を、静かなオフィス街にひびかせ、こちらへ歩いて来はじめたのである。

わたしはゾッとした。

あわててあたりを見まわした。だれか別の奴を見つけたのかもしれないと思ったからである。しかし、歩行者は、わたしひとりだった。彼はますますわたしに近づいてくる。

「よせよ、おい。うわあ、薄気味がわるい」

だが彼に、人間の言葉などわかるはずがない。彼はわたしの目と鼻のさきまでやってきた。

「いったい、おれは何をやったのかな？」

わたしはちょっと内省してみた。ロボット巡査は、人間の巡査のように犯人をとり違えたりしないはずだ。だから、ロボット巡査から犯人だと思われているのなら、わたしはきっと何か悪いことをしたはずなのだ。だがわたしには、心あたりは何ひとつなかった。

「ひょっとすると——」

とわたしは思った。

「こいつは犯罪防止のために、その人間の考えていることまでわかるような、何かの装置を持っているのかもしれないぞ。つまり、犯罪をたくらんでいる奴を、事前に逮捕したりすることのできるような、何かの仕かけだ」そんなとっぴなことまで考えずにはいられないほど、最近の警察の科学技術は進歩していた。ウソ発見器など、ここ数年来の飛躍的な改良で、一般人が商談の際に、腕時計がわりに手首にとりつけて、こっそり参考にしたりできるまでにコンパクトに大量生産されているのだ。ESP（超感覚的感知）の能力を備えたロボット——いや冗談じゃない、そんなものがあってたまるものか——しかし、ひょっとしたら、ほんとうに、このロボットは、超能力を持っているのかもしれない。

最近あちこちの大学で、超心理学がさかんになり、読心や、予知や、念動や透視のできる人間が見つけられ、その能力が開発されていると聞く。その成果がロボットの機能にいち早くとり入れられていることは、考えられなくもない。しかし、そうだとすると、人間は肩身が狭くなる。ロボットに劣等感を感じつづけていなけりゃならないわけで、あまり、ありがたくない。

だが、わたしは何を考えたのだろう？

無神論者だから不敬なことを考えたかもしれない。ワイセツな妄想に、瞬時ふけったかもしれない。だが、そんなことで法律を破ったことにはなるまい。とすると、いったい。——

彼はついにわたしの前に立ちふさがった。わたしが歩き出すのを待っているようすだ。しかたなくわたしは警察のある方角へ足を向けた。いっときも早く何とか釈明しなけりゃいけない。

ロボットに追い立てられているわたしを見て、二、三台のエア・カーがわたしの横を徐行しはじめた。こいつ、何をやったんだろうという顔つきで、車のなかから、みんながわたしの顔をじろじろ見る。はずかしくて、腹が立った。

とんでもない間違いだ。警察へいったら、係官を怒鳴りつけてやらなきゃ。

だが、ほんとに間違いといい切れるだろうか？　わたしは何か犯罪をたくらんだろうか？　いけないことを、何か思い浮かべただろうか？

しいていえば、さっきこの巡査を見た時、いやな存在だと思った。人間の肩身がせまくなるから、あまりありがたくないとも考えた。しかし、そんなことくらいで罪になるだろうか？　だれだってそう思っているんじゃないだろうか？

バカな話だ。何かを考えただけで連行されるなんて――。だいいち時間が惜しい。歩いて出勤時間に間に合うように早く出ては来たが、警察などへいっていたら、すごく遠まわりになってしまう。

わたしはこのロボット巡査がわたしを解放してくれるように、心のなかで、彼の存在をおおいに認めてやろうとした。なくてはならない存在であり、彼こそ現代の権威の象徴であり、守護神なのだと思いこもうとした。

「このロボット巡査は、現代科学の粋だ――科学が生んだ最高の成果だ！　文明の集大成だ――ロボットがいるために、文明社会からは、悪が根絶されるのだ。彼は正義の味方なのだ。彼こそ法律だ。彼は善であり、美であり、そして真である！　われわれ市民が安心して暮らせるのも、彼のおかげだ！」

これでもか、これでもかとばかりに考え続け、しまいには自分で、自分の考えになっとくし、本心から、そのとおりだと思い始めた。だが、それでも彼はついてきた。

あきらめて、考えるのをやめた時、わたしたちは警察本部のビルに到着した。

守衛も受付も相談係も、すべてロボット。これはどこのビルでも同じである。反重力シャフトで一気に何十階かの高さに登り、取調室に入ると、そこの係官は人間だったので、わたしはホッとした。

「警察は、よほど暇と見えますね」

さっそくわたしは、いやみをいった。係官はほっそりした体軀《たいく》の若い男だった。彼はわたしの服装を見て、あわてて立ちあがった。

「お役所の方ですね。これはどうも。ロボット巡査が、何か失礼をいたしましたか」

「こんなことは、時間の無駄じゃないですか、まったく」

わたしは大げさに顔をしかめて見せた。

「何も悪いことをしていないのに捕まったところを見ると、このロボットにはきっと、ESP機構が備えられているんだろうね？」

「おや、これは鋭い！」

彼もまた、大げさに感心して見せた。

「たしかにそうです。実験に、ロボット巡査に備えさせてみたのです。ところで……」

彼はクスクス笑いながらたずねた。

「あなたは何を考えたのですか？」

「ところが、何も考えてないんだ！」

わたしはとうとう爆発した。

「悪いことは、これっぽっちも考えていないんだ！」

「まあまあ、お静かに」

わたしを手で制してから、彼は不信感をあらわにした目つきで、じろりとわたしの顔を見た。

「それはおかしいですな。よろしい。それじゃ、このロボットの電子頭脳の記憶リーダーを、別室で拡大して見てきます」

彼は立ちあがった。わたしはいった。

「早く頼みますよ。遅刻してるんだ」

係官はロボット巡査をつれて別室に消え、五分ほどしてから、ひとりであらわれた。ニヤニヤしている。

「どうも失礼しました。間違いでした。もう、お引きとりいただいても結構です」

「電子頭脳が故障していたんだろう」

「故障？　とんでもありません。精密な電子頭脳が、故障などするものですか」

「じゃあ、何だい。君、僕は連行されてきたんだ。何の疑いでつれて来られたのか、説明を求める権利くらいは、あるはずだ」

「いいですとも。お話ししましょう。彼は自分の能力を必要以上に発揮してしまったのです」

「なんだって？　読心以上のことをやったというのか？」

「そうです。彼は人間の意識を探っただけではなく、あなた自身も知らない、下意識、つまり潜在した膨大な意識野を探って、その中にあったあなたの警官に対する、またロボットに対する反感——根強い反感を発見したのです」

「ロボットに、そんなことができるのか」

一瞬、ぼうぜんとしたわたしは、たちまちさっきからの、つもりにつもった怒りを吐き出した。

「プライバシーの侵害だ！　本人にもわからない潜在意識を探るなんて！　越権行為だ！　いくら警察だって、ロボットにそんな能力を持たせるというのは！」

「何ですって。ロボットに持たせなけりゃ、だれに持たせろというのですか」

「ロボットなど、たたき壊してしまえ！」わたしは腹立ちまぎれに、どなり散らした。「人間以上のロボットなど作るのは神への冒瀆《ぼうとく》だ！　ロボットにいばられてたまるか！　明日からロボット反対運動を起こしてやる」

「ロボットの悪口をいうのはやめろ！」

係官は青くなって叫んだ。そしてわたしの胸ぐらをひっつかんだ。すごい力だった。

「人間のくせに、ロボットを批判するか！」

彼がそう叫んだ時、彼の身体は急にやわらかくなり、くねくねと曲って、床にくずおれた。わたしは驚いた。彼もまたロボットだったのである。

隣室から、リモート・コントローラーを持った、ひとりの刑事があらわれた。

「やあ、ハハハ、失礼しました。新しく作られた取調官ロボットを実験してみたんですよ。どうです、よくできてるでしょう？」

わたしは笑えなかった。この刑事もどことなく、ロボットくさかったからである。

にぎやかな未来

世のなかがこんなに文明化してくると、人間のすることが何もなくなってしまう。ぜんぶ機械がやってくれるのだ。

郊外のでかい家に住みたいとか、あちこち旅行をしてまわりたいとか有名になりたいとか、そんな欲望さえなければ働かなくてもいいのだ。金がなくても、人なみの生活ができる。

おれもそうだ。仕事がない。仕事がないから金もない。それでも衣食住にはこと欠かないのだから気楽なものである。住むところはちゃんとある。無職独身者用という部屋である。政府の作った巨大なビルの一室で、家賃は払わなくてもいい。しかも、ちゃちな部屋ではない。作りつけの家具がちゃんと整っているのだ。壁にはステレオ・プレイヤーまで嵌《は》め込まれている。出かけるところもなし、おれは部屋のなかでひとり、退屈していた。何度もあくびをしてから、音楽でも聴くことにして、FMのステレオ放送にスイッチを入れた。

ところが、ゆっくり音楽を楽しむことはできなかった。演奏が三十秒ばかり続いたかと思うと、つぎの三十秒はコマーシャルが入るのである。ブツ切れだ。公共放送にまでコマーシャルが入っていた。

職のない人間が増加して、税金が取れず、政府も金がなくて弱り、ついに公共放送にスポンサーをつけることにしたのである。しかし音楽がこんなに途切れとぎれでは、聴いていてもいらいらするばかりだ。

スイッチを切り、おれはふらりと部屋を出た。散歩でもしていれば、何かおもしろいことにぶつかるだろうと思ったのである。町の大通りも、コマーシャル・ソングに塗りつぶされている。あらゆるスピーカーからはコマーシャル・ソングが流れ出ていて、建物の壁面にも、あまった部分が見つからないほど看板がとりつけられている。歩道にまで宣伝文が書かれていた。

可愛い女の子が歩いていても、たいていはコマーシャル・ガールだから、うかつに声もかけられない。手ひとつ握らぬうちに商品を買わされてしまう。

そのかわり、歩いているうちに、宣伝マンがいろいろな見本商品をくれる。薬だの、食品だの、肌着だの、時にはスポーツシャツやズボンや簡易コートまでくれる。こういうタダの商品だけで生活していても、充分楽に暮らせるのだ。

「もしもし」

両手にいっぱい、レコードらしいものを持った男が声をかけてきた。

「石鹼《せっけん》をお使いになるときは、ロケット印のわが社の製品をどうぞ。これはわが社から、あなたさまへのプレゼントです」

　彼はおれに、数枚のレコードをくれた。カバーを見ると、おれの好きなモーツァルトと、ワーグナーだ。いいものをもらったと思い、喜びながら歩いていくと、また、レコードを通行人に配っている若い女性がいた。

「プルートー製薬です。チョコ・レコードとおせんべいレコードをお楽しみください」

　彼女もおれに、数枚のレコードをくれた。チョコレートやせんべいが、レコードになっているらしい。

　こんなにレコードをもらったのでは、やはり家へもどって、ステレオで聞いてみなくてはなるまい。どんな演奏が吹き込まれているか楽しみだ。おれは自分の部屋へもどることにした。帰る途中で、政府の宣伝カーが、市民への布告をアナウンスしながらやってくるのに出会った。

「市民のみなさん、このたび政府は、公共放送のCM料金を値上げすることにいたしました。それにともない、みなさんのお家のステレオは、一日中つけっぱなしにしておいていただくことになりました。CMがうるさいからといって放送の途中でラジオのスイッチを切ると、罰せられます。なお、ステレオでレコードをお聞きになる場合は、ラジオの方を消されてもかまいません」

これはえらいことになってきたぞ――と、おれは思った。

今でさえ、町中はのべつまくなしのコマーシャル放送で、歩いていてさえ頭が痛くなるくらいである。静かなところといえば自分の部屋の中だけなのだ。それでも、よっぽどしっかり窓を締め切って、完全に防音をしないことには、町の騒音が流れこんでくる。

それなのに、ラジオをつけっぱなしにしておかないと罰せられるというのでは、もうどこへ行っても静かには暮らせないことになるじゃないか。

まあいい。レコードを聞く場合は、ラジオを消してもいいといってるのだから、静かな曲ばかり聞いていればいいのだ。

おれは部屋に帰り、窓を閉め切り、防音を完全にした。

さっそく、ステレオのスイッチを入れる。

公共放送は、あいかわらずコマーシャルばかりやっていた。

おれはすぐレコードに切り替え、まず最初はチョコレートで作ってあるレコードを聞くことにした。

流行歌だった。

二、三回聴いているうちに飽きてしまった。おまけに材料がチョコレートだから、すぐに音が悪くなってきた。おれはそのレコードをむしゃむしゃ食べてしまい、次にせんべいレコードをかけてみた。

これも流行歌だった。おまけにひどく騒がしい曲で、しばらく聴いているうちに頭痛がしてきたので、あわてて食べてしまった。

つぎはモーツァルトとワーグナーだ。最初、モーツァルトをかけた。

ところがこのレコードには、十秒おきにロケット印石鹼のコマーシャルが入っていた。なるほど、道理でただでくれたはずである。これでは公共放送よりひどい。ワーグナーもかけてみたが、やっぱり同じだ。

やはり、コマーシャルの入っていない静かな名曲は、金を出してレコード屋で買うよりしかたがないな――おれはそう思った。

ＣＭの聞きすぎで頭が痛くなってきたので、おれはまた部屋をとび出した。とび出してみたって、町はあいかわらずのＣＭの洪水である。

レコード屋があったので、おれは店のなかへ入っていった。ポケットには五百円札が一枚あるきりだ。これでレコードが買えるかどうかわからないが、とりあえず店の主人に聞いてみた。

「クラシックの、静かな曲はあるかね？　何でもいいのだが」

「ございます。最近のお客さまは、皆さまそうおっしゃいます。ええと。これでございますと、いちばん安くて、百円です」

「百円か。それは安いな。かけてみてくれ」

「かしこまりました」

なるほど、聴いてみるとたしかに静かないい曲だが、これにもコマーシャルが入っているのにはおどろいた。

「どうしてレコード屋で売っているレコードにまでコマーシャルが入っているのだ」

おれがびっくりしてたずねると、主人は答えた。

「スポンサーがついているからこそ、お安いのです。二百円のレコードなら三十秒に一度、三百円のレコードなら一分に一度というふうに、高くなるにつれてコマーシャルの数も減ります」

「予算は五百円しかないのだが……」

「五百円ですと、コマーシャルは五分に一回入ります。でも、ラジオよりはましです」

「そうだな。ではそれを貰《もら》おう。ところで、コマーシャルのぜんぜんないレコードはないのか」

「ございます。十万円です」

そんな大金は、とても払えない。

「で、それにはどんな曲が入っているんだ」

「曲も入っておりません。何も音の出ないレコードです」

主人はにやりと笑い、うなずきながらいった。

「現代でもっとも高価なものは、静寂です」

解説

星新一

本書に収録してある「お助け」が、筒井康隆の商業誌第一作である。江戸川乱歩《えどがわらんぽ》編集の「宝石」に掲載された作品。この幕切れは、はなはだしく残酷である。だれにも気づかれることのない一瞬という時間のなかで、じわじわと救いのない死におちいってゆく。

世に残酷物語は数々あれど、これでもか式であったり、サディズム的であったり、扇動的であったり、政治的であったり、さまざまなよけいな色彩がくっついている。それらとちがって「お助け」には純粋な残酷がある。無色透明な残酷である。

無色であるがゆえに、読者はどう受けとめたものか迷い、寓意《ぐうい》をはかりかね、妙にいらだたしい気分にさせられる。彼の作品の特色のひとつが、すでにここにあらわれている。

また「きつね」もごく初期の作品に入る。二人の少年の心をよぎった恐怖を、あざやかに描きあげている。恐怖物語というと、こけおどかしになりがちなものだが、そういう低俗さがまるでない。

その他、いずれもみごとな発想にもとづいている。既存の作家になかったアイデアだ。アイデアというと抽象的偶発的なもののように思っている人が多いだろうが、そうではないのだ。個性と引き離しえないものである。外国の作家、たとえばシェクリイ、ブラウン、スレッサーなども、その作品のアイデアには、それぞれの特色が一貫して流れている。借り物が通用しない世界だ。アイデアというと安っぽい語感があるから、新しい発見といいかえたほうがいいかもしれない。その当人の目を以《もっ》てしなければ、見出《みいだ》せぬもののことだ。「きつね」のシチュエーションを、筒井康隆以外のだれに発見できようか。彼の存在のユニークさである。

世の中には、出発点においてうさんくさい作家がある。そういう人の作品を私はなかなか信用できず、いつまでも警戒し、そのうち読む気がしなくなってくる。しかし、筒井作品は安心して読めるのである。彼のファンは多いが、意識しているいないは別として、この安心感を魅力のひとつとして受けとっているのではなかろうか。筒井康隆は筒井康隆であって、それ以外の数十億の人類のだれでもないのだ。筒井亜流が出現してもよさそうで、雑誌社などそれを期待しているのではないかと思えるが、おそらく永遠にあらわれまい。彼の個性の独自さである。

かくのごとく基礎がしっかりしているので、あとは自由自在である。いくらでも奔放になれる。私の場合、作品の古びるのをきらって時事風俗を扱うのを避けているが、彼はそんなことをしない。しかし、それでいて、けっこう年月がたっても、いっこうに流行おくれにならず、いつまでもいきがいい。ふしぎでならず、また、しゃくにさわる存在でもある。

これはつまり、彼の基礎がびくともしないものであり、その上に建築された柔構造の超高層ビルだからではあるまいか。いかに外部の気象が変ろうが、いかなる天変地異がおころうが、びくともしない。旧式の剛構造のビルにくらべ、地震の際には揺れ方が大きく、そこの住人にとっては「大変だ、大変だ」なのだが、決して崩壊はしないのだ。

すなわち安心感であり、筒井ビルに住んでいる限り、スリルは味わえ、それでいて災厄で死ぬことはなく、窓のそとの面白い光景を楽しむことができるのである。そのビルの居住志望者、筒井ファンのことだが、それのふえるのも当然といえよう。

もっとも、決して崩壊できないということは、いいことかどうか。彼の作品に対し、気ちがいじみているとの感想をもらす人が多い。この短編集のなかにもそんなのがあり、しだいにその特色を色濃く示す傾向にある。これこそ崩壊への欲求である。かりに全人類が発狂するという事態にたちいたっても、ただひとり筒井康隆だけはとり残され、狂えないのではなかろうか。想像するに、彼はうすうすこのことに気づき、狂気へのあこがれが高まり、あたふたしはじめているのではなかろうか。

だから彼は、なんとかして狂えることを示そうと、いろいろとくふうをこらし、それこそ必死の努力をこころみる。筒井康隆には音楽的才能があり、絵の才能もあり、演劇の才能もある。だから狂える才能もあるはずだと。しかし、それだけは無理なのだ。

だが彼は、あきらめることなく、自己の正気を持てあまし、いらだち、麻薬によるようなまがいものの狂気の世界でない、真正の狂気の彼岸にたどりつこうと努力する。その努力たるや、涙ぐましいほどまじめである。まじめさは、この短編集の各所で知ることができよう。それは、自己のまじめさをも持てあますことになるのである。彼は本質的に、いいかげんになれない性格なのだ。

狂気へのあこがれと、まじめな努力、この二つの要素が複合し、筒井康隆の宇宙が成立している。悲劇的なる喜劇。軽い笑いでなく、深刻なるドタバタがそこにある。だからこそ、たぐいまれなる空間なのだ。

ゆえに、その空間に入ったお客は、狂気を充分に楽しむことができる。私もそうだし、他の読者もそうであろう。しかし、作者である当人は、さめた頭と大変なエネルギーとで、ビルを揺りうごかすというサービスをしつづけているのだ。当人は照れくさく、汗なんかちっともかいてないよと、さりげなくよそおっているが。

崩壊できないことは、いいことか。読者にとっては、もちろんありがたいことだ。なぜなら、何回も手を変え品を変えた、狂気の世界を楽しめるからだ。また、人工のまっているのかもしれない。

　彼の軽薄へのあこがれも、これまた、ただならぬものがある。世の中には、筒井康隆を本当に軽薄だと思っている人もあるらしい。しかし、本書のなかの「幸福ですか?」を読めば、すぐにわかる。いわゆる軽薄なる現象に対する、この皮肉なからかいこそ本音なのだ。筒井康隆は絶対に軽薄になれない人間であって、それゆえに彼はいっそう軽薄になろうとするのだが、ありふれた軽薄にでくわすと、そのばかさかげんに反発する。

　そのあげく、彼は作品のなかに理想的な軽薄の世界を作りあげざるをえなくなる。そして、それはもう前例のない軽薄で、すなわち絶後でもあって、こうなると軽薄と呼ぶべきものとは異質だと私など思うのだが、当人はあくまで、これでいいのだと主張するにちがいない。話がくどくなるかもしれないが、筒井康隆が本当に軽薄人間になってしまったらことで、作品からすばらしさが失われてしまうだろう。彼の軽薄は現実の軽薄をはるかに追い抜いたものなのだ。

　と、まあ、私なりの分解をこころみたわけだが、本質をついているかどうかとなると、なんともいえない。他人の内面など簡単にわかるものでなく、まして作家となると、ひとすじなわではない。読者もあまりあてになさらぬほうがいい。筒井康隆に至っては、全身が急所のごとく、また、急所がまるでないようでもある。はたしてどうなのかは、読者の各人が急所をさがしてみるべきであろう。彼ほどの批評家泣かせの作家は珍しいのではないだろうか。どうほめたものやら見当がつけにくく、へたにけなすと、わが身のセンスのなさをさらけだしてしまう。当らずさわらずに扱いたくなるのではなかろうか。

しかし、作品そのものは議論も形容もなく、あきらかに面白い。ということは、もしかしたら筒井康隆こそ、わが国はじめての真の意味の「大衆」作家なのではないかと思えてならない。

にぎやかな未来《みらい》

筒《つつ》井《い》康《やす》隆《たか》

昭和47年 6月30日 旧版初版発行
平成28年 6月25日 改版初版発行
令和7年 1月30日 改版11版発行

発行者●山下直久

発行●株式会社KADOKAWA
〒102-8177 東京都千代田区富士見2-13-3
電話 0570-002-301(ナビダイヤル)

角川文庫 19799

印刷所●株式会社KADOKAWA
製本所●株式会社KADOKAWA

表紙画●和田三造

●お問い合わせ
https://www.kadokawa.co.jp/(「お問い合わせ」へお進みください)
※内容によっては、お答えできない場合があります。
※サポートは日本国内のみとさせていただきます。
※Japanese text only

ISBN978-4-04-104199-4 C0193

◆◇◇